Prova Contrária

Fernando Bonassi

Prova Contrária

© 2003 by Fernando Bonassi

Todos os direitos desta edição reservados à
EDITORA OBJETIVA LTDA., rua Cosme Velho, 103
Tel: (21) 2556 7824 – Fax: (21) 2556 3322
www.objetiva.com.br

Capa
Paula Astiz sobre fotos de
Lucia M. Loeb

Revisão
Damião Nascimento
Rita Godoy

Editoração Eletrônica
FA Editoração

B699p
    Bonassi, Fernando
        Prova contrária / Fernando Bonassi . – Rio de
    Janeiro : Objetiva, 2003

        97 p.   ISBN 85-7302-523-9

    1. Literatura brasileira - Novela. I. Título.

                            CDD B869.3

No dia 4 de dezembro de 1995, o então Presidente da República sancionou a Lei número 9.140, que reconhece como mortas as pessoas desaparecidas em razão de participação, ou acusação de participação, em atividades políticas, no período de 2 de setembro de 1961 a 15 de agosto de 1979. Desta forma, o Estado brasileiro assume responsabilidade pelas arbitrariedades cometidas por seus agentes durante o referido período, bem como prevê indenização financeira aos familiares das vítimas.

PS.: a Lei 9.140 não prevê a investigação das circunstâncias em que ocorreram, nem a identificação dos autores dessas arbitrariedades.

Para Luís Francisco da Silva Carvalho
Filho, pela clareza.
Para Bel Gomes, Débora Dubois e
Mônica Guimarães, pelos estímulos.
Para Malu Bierrenbach, por amor.

Este livro foi feito para sugerir uma
encenação.

"Para que alguma coisa surja é preciso que alguma coisa desapareça. A primeira configuração da esperança é o medo. A primeira manifestação do novo é o horror."

Heiner Müller

Introdução:

Devemos considerar a presença de, pelo menos, três vozes: a do narrador, a de um homem e a de uma mulher. São os três personagens.

Situação inicial:

É esse tempo. Ou perto dele. Um tempo depois de outro tempo. Em camadas. De acordo com o sentido que se dá aos sentidos do tempo.

A mulher está sentada sobre um caixote onde se lê: "cozinha/pratos etc.". Em torno dela, mais caixas. Volumes dispostos em ordem no vazio. De madeira e papelão. Há inscrições nas caixas. O seu conteúdo, forrado e dobrado. As caixas ainda estão lacradas com uma fita branca que reproduz a palavra "frágil", em vermelho. Tudo parece frágil.

Área privativa, sessenta e cinco metros quadrados. Área de garagem, dezenove metros quadrados e meio. Área comum, trinta metros quadrados. Área total, cento e quatorze metros quadrados e meio. Dois dormitórios. Azulejo pa-

drão Roma, de vinte por vinte centímetros, até o teto, na cozinha e banheiros. Louça sanitária padrão Everest. Carpete de madeira Sophia, oito milímetros de espessura, na sala e quartos. Armários embutidos padrão Cerejeira. Pia de mármore Classic. Os interruptores respingados de cimento. As lâmpadas esganadas pelos fios.

A mulher tem o memorial descritivo do apartamento nas mãos. Os homens da mudança acabaram de partir. A nota fiscal assinada está entre os seus dedos. O serviço foi pago em dinheiro. Ela ainda não se acostumou às costas da porta; ao olho mágico, à corrente, à fechadura, um trinco. Os móveis principais em seus lugares. Onde havia planejado, dias antes. Na mesa, um arquivo de plástico. Dentro dele a cópia do cheque do Governo Federal que havia possibilitado a compra. A indenização pelo homem. Por cima, a escritura e a planta num envelope pardo. Dentro do arquivo há outros documentos. Ela não precisa desses documentos agora. Ela não usa a palavra "indenização". Não a aprova. Não entende que houve um prejuízo que precisasse ser ressarcido. Fala, quando fala, do "dinheiro da casa". De todo modo, nesse momento não lembra dessas sutilezas, nem da cópia do cheque, nem da escritura, nem da planta. Não está olhando pra mesa. Ainda nem se decidiu pelos quadros.

Depois a mulher pensa em todas as suas coisas. Cada objeto e o contorno que o define. De muitos, o dia em que foram comprados e as necessidades que a moveram. Algumas muito práticas. Outras, desperdício. Não se trata de uma lista. É como um inventário. Por nada. Por saber o que pode ficar, além dela. Tudo é muito rápido.

Sobre a posição de suas roupas nas gavetas ela chegou a deixar bilhetes pra si mesma. "Camisetas", "meias", "calcinhas/sutiãs", "outros". A mulher procura pelas caixas de roupas. Confia nas inscrições. Leva-as, uma a uma, pro quarto e as deixa em cima da cama. O cheiro de tinta enquanto se desloca. Um incenso. Enjôo. Um copo de leite.

Na geladeira ela pensa em seguida. Porque o leite nem está quente, nem está frio. Vai à cozinha e liga o aparelho na tomada. A luz não vibra. Ri. É a primeira vez que vai morar num lugar onde a luz não estremece toda vez que liga um eletrodoméstico mais potente, como um ferro elétrico ou uma geladeira. Ela ainda faz um teste: abre a caixa "despensa", apanha o ferro elétrico e liga-o na tomada. Desliga e liga. Desliga e liga. Desliga de uma vez. Nada. Perfeito. Lembra de algo. De uma sacola da lavanderia ela tira o champanhe. A mulher põe a garrafa no congelador, sorri com satisfação da eficiência das coisas e tira o casaco.

Volta à sala. Anda pra ouvir os próprios passos ecoando. Vai ter que se acostumar com isso. Vai se reconhecer. Há manchas de suor em suas axilas. O ar solto as refresca. Ela se abre. Procura nas janelas. Ninguém do outro lado.

Então tira a camisa. O calor dos membros estendidos ao longo do dorso. As nádegas. As coxas. O colo. A planta do apartamento dormindo sobre o arquivo de plástico. Senta-se. Olha pra baixo. Não gosta do que vê. Agarra uma dobra de carne sobre o ventre. Despreza-se. Ergue-se. Alinha-se. A dobra desaparece. Respira. Contenta-se. Apanha a planta do apartamento e torna a sentar-se. Nota o antebraço. Empunha um músculo relaxado. Ou flácido. Ou não. Desdobra a planta. O desenho de cada cômodo em seu lugar. Cada lugar e o seu plano. As janelas e suas paredes. As paredes e seus encaixes. Trajetos delimitados por tarefas e quinas. Todas as medidas, entradas e saídas. É verdade. Suas mãos ficam sujas de tinta azul. Como dos mimeógrafos.

Sentada na cama, a mulher se entretém com encontrar uma ordem que sirva aos seus propósitos assim que for desfeita. É mais que um hábito e menos que uma mania. Estabelecer conjuntos de peças que se harmonizem, fazer combinações de cores, padrões e formas. Cabides iniciados por casacos; depois saias e blusas (ou vestidos, conforme o caso). Por último, a roupa de baixo. Basta pensar ao contrário, havia concluído. Não é mais do que isso. A mulher não sabe o que fazer com seus dois chapéus. Ainda tem os dois chapéus. Antigos. De herança.

Toca a campainha. A mulher volta aos seus passos. Aproxima-se da porta. Através do olho mágico vê dois homens distorcidos no corredor. Um deles já conhece da portaria. Abre de uma vez. O zelador apresenta o síndico. Apertos de mão. Um discreto balançar de cabeças. A mulher recebe boas-vindas e uma carta com datas de reuniões, deveres e obrigações condominiais. Os dois querem "contar com ela" pra administração de diversos interesses. A mulher parece mais interessada em dispensá-los quando afirma "estar à disposição", comparecendo sempre que requisitada. Mal fecha a porta e pensa numa desculpa. Depois esquece.

Imaginação:

A porta abre-se ao meio com os pontapés dos agentes. É fácil. A mulher estaca, subitamente preocupada com o barulho, no que os vizinhos pensariam dela por causa dele. Esse não é um pensamento novo, mas ela não tem tempo de selecioná-lo, de isolá-lo, de medir suas últimas conseqüências. Sobra a vergonha. Essa vergonha, desde sempre. Os agentes continuam avançando pela sala; chutam as caixas, fazem derramar a disciplina com desinteresse. Correm para a janela. Trocam sinais misteriosos com os da rua. Cevam o plano. Voltam. Muito se quebra. Muito se perde. Espelhos, por exemplo e apesar de tudo. Sondam a cozinha, a área de serviço, o corredor. Um rastro de devastação e mantimentos os acompanha em silêncio. Não gritam mais. Perguntam-se por ele. Há mais de um. A mu-

lher sentada sobre a cama, peças de roupa entre as mãos, pára de respirar. Não é medo. Os agentes varejam. Nunca vêm sozinhos. Aproximam-se. Pra ter mais vantagens além da vantagem da surpresa. As armas adiantadas ao corpo, em posição de ataque e receio. Não o encontram. Observam a mulher sentada na cama, as roupas dobradas cuidadosamente, descansando sobre as pernas. Os agentes baixam as armas. Trocam sinais entre si. Depois, para a mulher, antigos, tocam a ponta dos chapéus e afastam-se sobre os próprios passos. Cuidadosamente. Vão-se embora.

Que o presente e o passado se misturam, não há novidade pra mulher. Que se perca o limite entre ambos é uma outra história...

Continuando:

As roupas são depositadas nas gavetas. O tecido dobrado cuidadosamente nas costuras vai completando os espaços. Cabides ombro-a-ombro. A mulher volta à sala. Resolve colocar a planta do apartamento dentro do arquivo plástico e colocar o arquivo plástico na parte superior do armário do quarto. Aquele onde pretende dormir. Nesse momento ela tem certeza, embora nem pense nisso, de que o arquivo ficará por cima daquele armário durante muito tempo. Provavelmente anos. Tudo encontra seu destino e adormece.

A mulher vai à janela. Dobra-se nela. Inspira.

Mundo exterior:

Há gente nesta cidade que jamais pisou o solo; gente que flutua sobre os prédios colhendo impressões e intimidades; gente que há muito tempo não sustenta o peso do próprio corpo. Eles jamais sentirão o cheiro desagradável dos pedintes, nem terão o dia estragado por seus achaques mais ou menos civilizados. Jamais se assustarão com as sirenes, as buzinas, os espremedores de laranja. Perderão ofertas. Economizarão horas. Desenvolverão mãos enormes, com dúzias de dedos. Dúzias de grelos. As pernas atrofiadas. Bocas enormes pra falar. Olhos enormes pra ver. Haverá celulares onde havia ouvidos. Jamais palavrões lançados pelos vidros. Jamais os cães sarnentos. Jamais os insetos intrometidos. Jamais o crocante das calçadas, os buracos das avenidas. Essa gente em linha reta. Estão livres. Essa é a sua maior riqueza, entre todas as outras. Mais uma. Que não percebam o espaço mudar. Que não se iludam com a passagem do tempo. Apenas a cidade alastrando enquanto afastam-se dela.

Continuando:

Noutro cômodo ficará essa mistura de escritório e quarto de hóspedes. Carrega pra lá as caixas de papéis e livros. Os livros amassados e raspados por todas as mudanças. Livros de cor. Livros de capas trocadas, capas disfarçadas. Livros de capas ousadas. Capas proibidas. Os livros pelas capas. Os lidos pelas costas. Livros que nunca serão lidos. Livros sádicos, livros mágicos, livros lívidos, livros bíblicos. Livros como vícios. Livros de sacrifícios. Muitos e muitos livros. Em torno, sobra uma escrivaninha nua por baixo de uma luz apagada. A luz apagada pendurada numa luminária amarrada. Uma cama pras visitas arrumada. É mais uma questão moral. Não tem recebido muita gente.

Além do mais, pra se conversar, é preciso ouvir.

Primeira informação sobre o homem:

Dele é preciso dizer que sumiu há muitos anos. Numa esquina, em 1974. De um lado, o bar onde a mulher se encontra. As prateleiras coloridas. São Jorge espetando um dragão. Na diagonal oposta, uma oficina mecânica. Um carro amassado ao relento. Casas pra lá. Casas pra cá. Gente entrando por elas. Para o dia seguinte. O calor do copo de café com leite passado pras suas mãos. Atraso, como sempre. Como sempre uma aliança na mão. Eles não são casados. Por princípios. O líquido gelado. Ele não vem. Ela não mudou quanto aos tais princípios. Ela os leu nos livros. Ela o espera mais do que o conveniente. Os homens, o homem e os livros. Boa parte do que ela se tornou é gramática. A mulher espera mais. É outono. As nuvens vão se abrir vermelhas. Pode ser abril ou maio. Ela tem medo de saber. Distrai o pensamento. Contas. Divisões. Subtrações.

Espera mais e mais, espera insuportavelmente mas, entre todas as pessoas, é ele, o homem, que não vem. Repentinamente aparece pra sua consciência. Que ela vai ficar só. Que ela vai ser sempre só dele. Que será confuso. Que até por falta de esclarecimento. Talvez por preguiça. Por uma missão. Uma obsessão qualquer... O que ainda não é, de todo modo, é luto. É mais um desespero. Ainda vai passar por aquilo. Precisa pousar o copo sem sentido. Precisa arrancar a aliança. Tem que andar devagar. Não sabe que ele pode estar morto como qualquer um de nós. Vai ficar sem saber.

Continuando:

Poderíamos ouvir música francesa. Daquela época. A mulher vai à geladeira. O champanhe poderia estar mais gelado. A mulher usa a ponta dos dedos pra empurrar a rolha. Podia agarrá-la, mas não. Quer o batismo. Quer a bebida espalhada pelas mãos, escorrida pela roupa, melando o chão da casa. Um brinde. À sua casa:
— Ousar lutar, ousar vencer!
Favor beber com a mão esquerda, pra que os desejos cheguem mais rápidos e puros ao coração.

O sonho da casa própria:

No início eram os credores. As cenas diante da casa instável. Todo dia, partindo ou chegando da escola, lá estavam os credores ameaçadores que apareciam de arma em punho. As contas também, estendidas nas pontas dos dedos; cheques puídos, promissórias, duplicatas. O nome do seu pai em meio a palavrões. Muito cedo a mulher se acostumou com essas palavras e esses papéis e a ausência do pai. Os cobradores, suas armas, sua mãe. O entusiasmo cada vez menor com que a mãe defendia o pai. Isso tornou-se perceptível pra mulher porque sua mãe foi deixando de mentir, foi deixando de proteger seu marido com desculpas. Num momento a mãe passa mesmo a concordar com todos os inimigos: que o pai era um "vigarista". Que não havia outra palavra pra designá-lo. Que poderia ser o seu nome. Que era igualmente um "filho-da-puta". O medo, por outro lado, nunca arrefeceu. E a mãe chorava. Por falta de dinheiro. Porque o aluguel estava ameaçado. Porque já fora necessário mudar no escuro da noite pra fugir de outros senhorios. Porque a fome se disfarça, mas o abrigo é uma intimidade valiosa. Porque seu pai era vigarista e filho-da-puta e "incompetente". Porque a casa mudava de lugar mas era a mesma casa instável. Porque não havia lugar onde caírem mortas. De uma hora pra outra. Se necessário. Porque é o mínimo. Porque seria confortável... De forma que a mulher sabe desde sempre e como se fosse agora do terror de, repentinamente, não ter pra onde voltar.

Continuando:

Toca a campainha. Com a taça numa mão que vai à boca, a mulher espia pelo olho mágico. Não reconhece o homem. Abre a porta. Protege-se com ela. Observa. Então começa como se a mulher fosse tossir, mas é um sorriso. Em seguida ela ri, apontando. É uma piada de mau gosto. Ela gargalha. Deixa cair a taça. A gargalhada começa a despregar do rosto da mulher e junta-se aos cacos de vidro do assoalho. A boca aberta. O champanhe se perdendo pelo assoalho. O homem solta a porta do elevador que se fecha e desce. A mulher se assusta dentro do susto. Ele avança para dentro, abaixa-se, apanha um caco e estende-o para a mulher. Pode ser que ela se refira ao interfone. Pode ser que não:

— Eles deveriam ter avisado.

A mulher não apanha o caco de vidro da mão do homem. Ele torna a abaixar-se e começa a recolher os outros pedaços. Recolhe todos. Com cuidado. Quando acaba, fica assim: as mãos em concha, os cacos reunidos. Já não os oferece à mulher. Fala:

— Disse que era o seu irmão.

A mulher sente a mentira como um golpe baixo. O homem, que tinha parado pra quem sabe desfrutar o efeito, segue até a cozinha e deposita o lixo sobre a pia. A mulher ouve o barulho mas não tem força pra voltar-se. Ele é quem volta.

— Posso?

O homem fecha a porta apagando as sombras. Os ruídos também são aspirados pra fora. Só agora a mulher repara que ele tem uma mala nas mãos. É pequena. Pra uns dias.

— Esperei que entardecesse, mas não sei por quê.

A mulher ainda encontra um fôlego. E responde:

— Eu entendo.

Então consegue se mover. Indica o sofá. Sem alternativa, o homem senta. A mulher diante dele, numa poltrona.

— Vai me dizer...

Então se perde. As palavras fogem dela. Ela se ergue, aproxima-se do rosto dele. São centímetros, como se conferisse a distribuição dos poros, a malha das rugas. O homem sabe o que vai acontecer porque a mulher ergue o braço bem alto antes de acertar-lhe o tapa. O rosto do homem fica obrigado naquela direção. Espera. A mulher mantém a mão aberta. Vê o formigamento alastrar-se dali. O homem passa a língua pelos lábios insensíveis. Lambe um calor salgado e sangüíneo. A mulher traz a mão pra perto do corpo. Alisa-a teatralmente. Indica que vai à cozinha. Ergue-se.

— Café?

A música francesa deve parar por aqui. O homem balança a cabeça pra dizer que sim. A mulher ainda volta à sala duas vezes, pelo pó e por xícaras, mas não conversa com ele. Não acha xícaras. Apanha copos. Demora o tempo da água ferver de um lado pra outro da cafeteira. Então serve a ambos. Automaticamente, adoça-os. Como sempre. Como antes. Nesse momento pensa em jogá-los fora; perguntar ao homem como queria seu café. Se ele havia mudado nesses mínimos detalhes. Não. Ainda não pode fazer isso consigo mesma. Nem quer saber. Volta com os copos doces e fumegantes. Passa um para o homem. Ato contínuo, ele o coloca no chão. Por aquela reação dolorosa, a mulher se dá conta do copo cozinhando-lhe as palmas das mãos. Demora pra baixá-lo ao assoalho.

— Eu te esperei com calma, eu te esperei com pressa, eu te esperei depois do que seria conveniente ter esperado. Eu esperei de malícia, eu esperei de pirraça. Eu te esperei como se fosse a única chance. Eu esperei por esperar. Depois eu me lembrei. Conversava com as pessoas. Mas já era diferente. Então as vigílias, as viagens, as perguntas... e depois os documentos... o cheque... e agora essa casa. Essa casa que eu comprei com a tua falta.

É como uma explicação. E um índice. A mulher espera que o homem chegue a olhar pra ela. Nesse intervalo, muda de idéia:

— Como é que se conversa com os mortos?

O homem acende um cigarro.

— Como se conversa sozinho?

A mulher quer saber onde o homem vai bater a cinza, se não há cinzeiro em qualquer parte. Depois sorri com essa estupidez. Não deixa de ser um alívio. Pelo menos a coisa a aquieta. Tanto que quando ele diz:

— Eu não vim pra explicar nada.

Não é com raiva que ela responde:

— Como se alguém pudesse explicar uma coisa dessas...

Fotografias:

Curvado sobre o cigarro, a cinza espetada no ar, o homem lembra um avô que a mulher não conheceu. É o personagem de uma fotografia antiga. Uma imponderável reunião de família nos fundos de um quintal. Lá está o velho rodeado por suas crias e suas mulheres. Aquela com quem casou, as filhas, as mulheres dos filhos, as dos sobrinhos, as dos vizinhos. Há outros homens, mas é esse velho que soa como a única presença masculina. Forte. Escura. Conservadora. Autoritária. Frágil. Mesquinha. Em torno do êxtase e da desolação dessa presença, a corte de italianas sujas em suas saias de saco, com suas bocetas suadas, fedorentas, com suas crianças sujas cobertas de feridas abertas, purulentas, encardidas, correndo nuas por um terreno selvagem de lixo e mato descuidado, fundos dos fundos de um mar mediterrâneo e medieval, industrial e agrário; massa de manobra numa fotografia amarelada. O velho no centro de tudo. E um cachorro vira-lata. Ambos mortos.

Continuando:

— Um dia eu estou num teatro. Não me lembro a peça. Não é importante. A peça termina para que possamos debater. Nós debatemos coisas com as quais não podemos concordar. Nós não podemos esperar mais. Eu, você, eles concordam com isso. Não sou exceção. Nunca tinha sido. Nunca fui.

— Você quer um cinzeiro?

— Depois a reunião se muda pra um bar. Continuamos com a mesma vontade entre copos e garrafas. Entre certezas e apostas. Alguém quer falar comigo. Alguém que diz ter notado as minhas palavras. Que as minhas palavras tinham sentido. Que ele concordava com o sentido delas. Mais. Havia outras pessoas que concordavam com elas. Com a maneira como as arranjava. Com o que deixavam por acontecer. Este alguém faz questão de parecer um mistério quando me pergunta se sou capaz de sustentar as minhas palavras. Por um capricho, faço de conta que não entendo. Essa história de "sustentar palavras"... É mais prudência que desconfiança. Ele explica: "se sou homem pra sustentar com a vida as minhas palavras; tão sábias, tão certas"... e tão comuns.

— Veja, eu não tenho cinzeiro.

— Fui recrutado assim: com um desafio à minha masculinidade.

O homem ergue-se, vai à cozinha, apaga o cigarro na água da torneira e deixa-o sobre o mármore da pia. Volta.

— Eu funcionava como uma espécie de secretário. Produzia relatórios de reuniões. Transformava idéias em documentos. Desejos em manifestos. Datilografava. Papel estêncil. Lembra?

A mulher sorri. Por saber. Sem cumplicidade.

— Mimeografava... os papéis eram distribuídos sem que eu soubesse como... ainda que pudesse recebê-los pela rua. Numa provocação. Num ponto. Numa distração. Numa esquina apressada.

— Nossas mãos sempre sujas de azul. Sempre uma marca ridícula nos denunciando. O cheiro do papel das nossas idéias.

Primeira versão do homem:

O homem procura o sofá. Senta-se. É um movimento ensaiado. Um enunciado. Não é de hoje:
— Estou sentado com um copo de café com leite entre as mãos. O café com leite está frio. Faz tempo. Giro de um lado pra outro entre as palmas das mãos, pois essa é a senha. Que a senha fosse um gesto, me assustava. Me assustava a desconfiança das palavras naqueles últimos tempos. Eu vejo as paredes encharcadas de chuva. A pressa imemorial do trabalho. O movimento quando a cidade se contrai e se expande. Eu também espero. É sempre um pouco mais. E mais em seguida. Imprudentemente. Fico. Espero. Depois de mais um tempo, espero o pior. Continuo sentado. O carro avança com as portas abertas, como asas abertas. Dali saem os homens. Num instante sou arremessado de um pra outro. Muitos deles. O café espalhado no balcão, gotejando na cadeira, melando. Um café muito doce, adoçado ao gosto de quem o fez. Ainda não é dessa vez que eu entro no chiqueirinho. Sou levado entre dois homens. Não por deferência. Nem por medo. Era mais um cuidado. Deles próprios. Mas pra que eles também fossem ficando certos de terem encontrado o que queriam. A felicidade

daqueles homens era contagiante. Sou imediatamente pendurado. As mãos e os pés amarrados desde sempre. Meus joelhos se dobram. Meus braços por baixo deles. O cano. Sou erguido e tudo fica de ponta cabeça. Perguntas. Não tenho tempo de responder. Minto. Eles sabem. Sabem que eu minto a um ponto de jamais saberem quando digo a verdade. Me aproveito. Falo. Não sou ouvido. Não é pra isso que fui encontrado. Mais perguntas. Mais mentiras. Alguns fatos. Uma orelha é esmagada por um grampo. A outra. Ouço o barulho da manivela. É como pedras jogadas no fundo de um caldeirão. É como o guincho de uma ave. O choque em seguida. Quando percebo, é como risada. Minha língua se vingando no céu da boca. Os dentes esfregados. O crânio em desalinho. Faíscas espocando dos cabelos. Perguntas. Respostas. Mentiras, mentiras, mentiras. Querem mais. E mais. Os fios deslocam-se pro peito. Pra que eu mesmo possa ver a descarga de um lado até o outro. O cheiro do pêlo queimado do meu peito. Esse cheiro tão vulgar da morte violenta. Depois o grampo se transfere ao meu saco. A outra ponta passeando na virilha. Posso ver tudo muito bem, ao contrário, como estou. Isso vai durar horas. A pura repetição disso tudo. Não é pra lhe cansar dessas coisas que eu venho falando. Depois um rápido exame médico. Sempre há médicos nestas circunstâncias. Um atestado conferido. Tudo pode continuar como está. E pontapés aqui, na cintura...

O homem se ergue. As mãos no baço. Torna a sentar-se.

— Então foi ficando escuro. A dor cada vez menos. Um baço rompido. Uma hemorragia. Acabo na cela, encurvado no colchonete, na posição mais confortável pra dor. Sou enviado ao Instituto Médico Legal. Dou entrada nu. Ninguém quer saber por que meu corpo foi despido nem das evidências dos tratos. Todos sabem como. Alguém anota numa ficha. É a última vez que o meu nome verdadeiro será escrito ao lado daqueles que eu inventei. Ninguém se preocupa com origem, nem com a "preparação" desse meu corpo. Sou enterrado em valas clandestinas. Desapareço...
A mulher chora. Para dentro. Uma lágrima por cima da outra até chegar à exaustão do peito. As costelas esmagadas. O pulmão colado. Nada.

Continuando:

A mulher ergue-se e passa a abrir uma caixa. Desfaz seu conteúdo sem pressa. Constrói duas ou três pilhas. Por assunto. São revistas daqueles tempos. Culinária. Cosmética. Horóscopos. Opiniões. Senta-se. É ensaiado como um salão de beleza. Folheia. São fotografias de foguetes e laboratórios espaciais, de carros esquecidos, de tecidos que não amarrotam, de grandezas espirituais; de terras distantes e de hábitos exóticos, de homens fardados, de empregados fardados, de escritores fardados, de geladeiras tamanho família, de vestidos curtos e homens de salto alto, de metalurgia, de siderurgia, de pontes sobre a Guanabara,

de viadutos abatidos, de pessoas em salas de jantar far-
tando-se aos negócios.

— Meu tio sempre brincou comigo. Me ensinou a amarrar o sapato, me fez decorar matemática, pegou bichos pra feira de ciências. A barba branca, os dentes que se encaixavam num sorriso, as veias das mãos... Eu, que me dei conta de ter crescido, olhando as próprias mãos. Vendo como os tendões se erguem conforme o tempo passa. Como se contorcem por cima dos ossos. Mas ainda não é sequer esse tempo. É quando meu tio brinca comigo, me leva pra passear, me põe no seu colo. O vigor com que me agarra entre as garras dos dedos. Fala ao meu ouvido. Pousa o nariz na minha nuca. Passa muito tempo até que eu possa perceber o volume das suas calças. Então eu tenho certeza de que ele me aperta contra si pra que eu saiba. Me aperta contra o meio que me devolve. Eu sinto a sua vontade. Depois sou devolvida ao chão, não me preocupo. Brinco. Isso se repete. Noutros dias. Um dia após o outro. Nos encontramos todo o tempo. Ele me visita. Liga-se à minha casa por vários caminhos que lhe permitem estar sempre em torno. Os parentes. Saímos. O pretexto são doces, sorvetes, material escolar, mimos descartáveis. Num bar, num táxi, numa praça. É na frente de todo mundo. Perdemos a vergonha. Ele nunca me obrigou a nada. Apenas guiou a minha mão curiosa. Eu apalpei as calças dele. Ele também me acariciava. Em toda parte. Não o vi mais que qualquer pessoa. Não me pareceu ruim. Nunca tive receio.

— Você nunca me contou isso.

— Um dia eu disse não. Como poderia ter continuado por mais tempo, pra sempre. Ele não insistiu. Tudo voltou ao que era, ou o que parecia ser. Não virou alguma coisa que eu não pudesse esquecer. Por você. Por mim...

— Eu esperava que eu soubesse ao menos isso, antes.

— Eu não tinha segredos.

Quase que por um capricho, a mulher ergue-se e apanha a garrafa de champanhe. Obscena. Bebe. Se engasga. Tosse. O líquido espalhado na cara, borbulhando por cima dos lábios. O homem tira a garrafa de sua mão e a coloca sobre uma caixa. Por ser uma caixa de livros e porque a garrafa deixa uma marca úmida, ele torna a apanhar a garrafa e deposita-a no chão. Homem e mulher ficam assim até que a tosse dela se suavize. O homem permanece abaixado, como se a expansão do seu corpo desafiasse a outra com a sua tosse. Então ela finalmente pára, o fôlego restabelecido. Ele volta, acende um novo cigarro, cruza as pernas e apóia o cotovelo na barriga.

— As mulheres de cabelo vermelho começaram a chamar minha atenção muito cedo. Nem deveria ser dessa maneira. Mas tem certas coisas que a gente tem que aceitar.

— A idéia dos cabelos vermelhos?

— A idéia de que ficamos atentos aos sinais, quer queiramos, quer não. A idéia de algo que nos atraia mais do que a nossa própria atenção. Tudo o que ameaça o raciocínio. O medo. A excitação.

O homem projeta-se e sustenta as mãos da mulher. Depois as empunha. Traz pra si. Como se puxasse um corpo que bóia. A mulher não sabe de onde. Depois, ele a solta. Torna a puxá-la. Solta. Brinca. A mulher, mais por ele. O cheiro de cigarro das mãos do homem se transfere às mãos da mulher. Num instante. É esse cheiro defumado, viril, que a mulher sente subir às narinas. Num instante. Então ela solta-se dele. Ergue-se. Vira de costas. Lambe os próprios tendões por cima dos ossos. É amargo. É adequado. Um caco perdido estoura sob o sapato do homem.

Como se fosse uma piada:

— Você não devia ter vindo aqui. Pode ter gente vigiando...

— Eu morri, lembra-se?

— Como é que eu te reconheço?

— Faz pouco tempo. Ainda não me acostumei. Se você olhar bem, vai reparar que as extremidades da minha figura estão desaparecendo.

— Hum-hum. E como é que foi isso?

— Cobrindo ponto, você sabe.

— Você fez qualquer cagada?

— Um repique. Pode ser que eu tenha demorado muito. Todos nós insistíamos tanto. Quem achava que era a hora quando a hora chegava? A gente só se arrepende do que acontece. Aqueles filhos-da-puta tinham toda a paciência. Porque eram preguiçosos.

— Eu já não te vejo da cintura pra baixo... você está ficando transparente, transparente...

— Eu também não me sinto.

— Anestesiam as mulheres assim, nos partos.

— Eu nasci pelo esforço exclusivo de minha mãe.

— Não seja bobo. Nem dê tanta responsabilidade pra ela dessa maneira. Mesmo a crueldade de um filho tem limite.

— Mesmo a de um filho-da-puta?

— Não sei. Nós, que vivemos pra ver aquelas e essas coisas, não devíamos ter opinião. Devíamos deixar que os outros imaginassem como. Que inventassem tudo. Que mentissem se fosse o caso. Que nos desafiassem, nos ultrajassem. Não devíamos nos preocupar. O silêncio sempre pode mais.

Continuando:

O homem termina o novo cigarro. Fuma-o até sentir o gosto amargo da combustão do filtro. Vai à cozinha e deixa esse cigarro consumido ao lado do outro, sobre a pia. Volta, tenta apoiar o braço sabre a caixa "frágil/copos". Pára. Abre-a. Apanha uma taça de champanhe. Serve-se. Bebe um gole. Procura outra taça. Não encontra. Dá mais um gole. Passa-a pra mulher, que pousa a boca na moldura de saliva do homem. É tênue. Ela precisa procurar.

— Um dia minha mãe morreu.

— Eu imaginava que isso pudesse ter acontecido realmente.

— Depois meu pai teve derrames e se sustentou por um fio de sono. Anos. Não queria... "partir", como diziam.

O homem prefere ficar em silêncio.

— Eu cuidei dele. Aquele pai. Apesar de tudo. Quando já não valia mais nada. Ainda menos...

— É um consolo.

— É mais: é uma ligação. E é menos: uma dependência terrível. E ridícula também. Acho que eu já vivi o suficiente pra não ter inveja disso...

— O que mais eu não pude saber?

— Gastei mais de quinze pares de sapato. Mudei modelos de bolsa ao sabor dos comerciantes. Sonhei com incêndios e tempestades que se anulavam; com lençóis no varal; com sombras desconhecidas. Fumei. Parei de fumar. Me desesperei. Joguei comida fora. Pisei o chão descalça. Me cobri. Rios de café com leite. Baldes de comprimidos. Tive certezas. Desisti. Recomecei. Rezei. Blasfemei. Comemorei. Recebi vistos. Recebi comissões. Estive pensando. Escrevi à mão livre. Fiz anotações e festas. Consumi canetas e cadernos. Datilografei. Digitei. Comprei vestidos graves. Adereços. Perdi a compostura. Gravei nomes em bancos de ônibus. Fiz votos. Fiz promessas. Fiz massagens. Vi o amanhecer suavizar a noite; os motéis ocuparem os terrenos baldios e serem abandonados. Vi pessoas importantes se tornarem criminosos e criminosos tornarem-se pessoas importantes. Assinei contratos. Realizei trabalhos. Fui atendida. Tecidos se desintegraram. Relógios pararam. Mergulhei nos livros. Tive fôlego. Tive mágoas. Tive inveja e interesse. Tomei cuidado. Vomitei. Aprendi. Comprei um carro. Deixei minha desorganização se espalhar pelos estofados. Perdi moedas. Pedi conselhos. Me confundi. Deixei de dar importância. A linha do tempo com imagens de televisão. Considerei possibilidades. O acaso. O destino. A preguiça. O estômago. Copos d'água em jejum... e fiquei viúva.

O homem sorri. A mulher ri. Ele apanha o copo e ergue um brinde:

— Eu bebo a isso tudo!

Enquanto o homem bebe, a mulher vai ao quarto e volta com o arquivo plástico. Aquele dos documentos e da cópia do cheque. O homem ainda ri quando ela senta. Não diz a ele do que se trata. Não é preciso. Retira uma folha de papel que ao homem parece ser a primeira. É, pelo menos, a única encapada por uma pasta. Lê com raiva, como uma explicação e ainda com solenidade.

— República Federativa do Brasil...

A mulher olha pro homem. É pra dizer-lhe que vai ler tudo; que os preâmbulos são importantes, que há um sentido, que não se deve ir direto aos fatos sem a devida apresentação. Documentos precisam ser muito claros. Deveriam ser mais claros que os contratos!

— ... Registro civil das pessoas naturais... Comarca de São Paulo... escrevente autorizado... Certidão de óbito... Certifico que sob número 14963, à folha 08, do livro C-26 de registro de óbitos, encontra-se o assento do falecido em 19 de setembro de 1996, às 17 horas, nesta capital. O sexo é masculino. A cor é branca. A profissão, estudante. O atestado de óbito foi firmado por médico reconhecido pelo conselho regional. A causa da morte: ver anexo...

A mulher, neste ponto, destaca um recorte de Diário Oficial fixado atrás do papel que lê. Abana-o entre os dedos.

— ... Lei 9.140, de 4 de dezembro de 1995.

O homem balança a cabeça pra indicar que conhece aquele fragmento. Conhece seu conteúdo. Sabe o que ela quer dizer. Não é mais que isso. A mulher já volta à leitura.

— Era casado. Não deixa filhos. O referido é verdade. Dá-se fé.

— Eu sabia que, dentre todas as pessoas, era você que ia pedir por mim.

— O que você quer dizer com isso?

— Que você lembrou de mim. Que eu lhe enchi a cabeça. Para o mal e para o bem, eu lhe enchi a cabeça. Nos tornamos parentes. Nos permitiram nos tornar parentes. Que ainda que eu tenha destruído uma parte das nossas vidas... uma parte da sua vida... ainda assim, você recebeu uma compensação.

— O correto seria "indenização".

— Que seja...

— Você é um filho-da-puta?

— O que você responde quando as pessoas perguntam como vai?

— Normalmente eu vou bem.

— O que você responde quando as pessoas perguntam o que você faz?

— Que aprendi a lidar com crianças. Ensinei algumas a ler. Outras ensinei mais do que isso.

— Que você é professora...

— Não me acostumo com essa palavra.

— As crianças são insuportáveis.

— Eu sei. Mas também são rápidas. E sem disposição pra moral.

— O que você responde quando lhe pedem uma informação?

— Eu já ensinei errado. Por pura preguiça.

— Como você bem sabe, há um artigo nessa lei que a exime de qualquer culpa.

— O que você quer dizer com isso?

O homem, de repente, baixa o copo vazio no chão, faz questão de tirar o papel da mão da mulher e ler.

— Artigo doze. No caso de localização, com vida, de pessoa desaparecida, ou de existência de provas contrárias às apresentadas, serão revogados os respectivos atos decorrentes da aplicação desta Lei, não cabendo ação regressiva para o ressarcimento do pagamento já efetuado...

O homem devolve o papel à mulher:

— Se tudo isto estiver acontecendo, você nem precisa devolver o dinheiro.

O homem torna a indicar o papel:

— ... salvo na hipótese de comprovada má-fé.

A mulher vem na direção do homem. Dessa vez ele não espera o tapa.

— Se tudo isto estiver acontecendo, você é um filho-daputa.

— Você ainda não pode saber.

Parece confissão:

Pode ser que o homem faça um esforço pra chorar:

— Minha mãe tinha que sair e deixou a minha irmã comigo. Eu tinha a incumbência de evitar que ela se quebrasse. Porque ela acordava em movimento e em movimento ficava até cair vencida pelo sono. Foi por causa do sono, penso eu. Deve ter sido por isso. Num instante ela estava em pé, noutro tinha desaparecido. Então ela levantou do chão com a cabeça ensangüentada.

— Eu não poderia ser sua irmã.

— O que você responde quando as pessoas perguntam quem é você?

— Eu não sou sua irmã.

— Eu não sabia se era pena de uma criança tão inocente de tudo, com a cabeça ensangüentada, ou culpa. Porque eu não tinha conseguido fazer direito o que me pediram.

— Eu não sou sua irmã.

— Eu sei disso.

Continuando:

Por um descuido, o homem chuta o copo de champanhe. Os dois ficam ouvindo os cacos até o último se aquietar no assoalho. Em seguida a mulher levanta-se e vai à cozinha. Apanha vassoura e pá. Volta. Recolhe os cacos aos pés do homem. O homem fica olhando-lhe a linha da espinha que desce pro interior do vestido.

— Eu posso imaginar que passamos pelos mesmos lugares quase ao mesmo tempo. As repartições obrigatórias. As avenidas onde todos os brasileiros vão, um dia ou outro. Os acontecimentos que nos colocam nas praças, quer queiramos quer não. As ocasiões únicas em lugares especiais. As comemorações. As reivindicações. As casas alugadas. A porta da faculdade. A saída da escola. Um dia. Uma esquina. Poucos metros. Um instante.

A mulher vai à cozinha. Desta vez os cacos de vidro são embrulhados em jornal. Pra proteção dos lixeiros.

— E o endereço onde se morre, não?

— Não, isso seria demais. A nenhum tempo.

— O que você responde quando as pessoas perguntam por vida após a morte?

— Que existem almas penadas.

— Por que não o endereço em que se morre?

— Nós já falamos de limites. Mesmo pras piadas.

— O que você responde quando as pessoas perguntam pelo seu Deus?

— Eu digo que se Ele aparecesse na minha frente, ia ter que responder algumas perguntas. Ora se não ia...

Quando a mulher senta-se na sala, é como se voltassem à estaca zero.

Memória:

— Chego ao último galho. Vejo do céu meus amigos de classe num círculo boquiaberto. Venta gelado nos meus cabelos. Solto uma mão. De repente um barulho. Sei que vai acontecer. Solto outra. Um instante depois estou caindo. Gravo cada ranhura do tronco enquanto despenco. Bato de peito. Mais de uma vez. Espero o ar voltar pra me erguer. Os meus... eles continuam boquiabertos. Há um segundo cotovelo perto do meu pulso. Não sinto dor. Não sinto nada. Só que devo me mandar. Ainda tenho uma aula, mas saio andando. Cruzo o portão sem olhar pra trás. Só choro depois da esquina...

Continuando:

O homem, como na maior parte do tempo, prestando atenção. A mulher, em geral, distraída. Ou fazendo de conta. De todo modo, nos convence.

— É bem possível que eu tenha andado por esses lugares comuns. É muito possível que estivéssemos no mesmo lugar ao mesmo tempo. É possível que eu também tenha me interessado em estar presente nesses assuntos coletivos, assim como possível é que tenha sido algo pessoal. Uma autorização. Um requerimento. Pediam-se muitas autorizações e atestados nessa época. Fotografia, carimbos, papéis. É possível que tenhamos nos desencontrado. É possível que tenhamos nos evitado.

— De passagem. E dado as costas. É possível.

— Posso ter arranjado uma identidade. Posso ter comprado uma. Posso ter roubado, trocado fotografias. Posso ter exibido esses documentos à distração das autoridades.

— Os tempos não haviam mudado. As fotografias desbotavam, os carimbos manchavam, os papéis dos documentos não resistiam e se quebravam. Era preciso guardá-los em plásticos, protegê-los da destruição do tempo. Então as cópias se espalhavam. Confundiam-se, umas mais velhas que as outras. Todos. Já na escola falsificávamos. Pra ir ao cinema proibido. Pra ver outros corpos nus além dos nossos. Pra aprender pela imitação dos amores alheios... era toda a educação que tínhamos. Precisávamos mentir.

— Por uma dança, por um beijo, por um prazerzinho que fosse. Depois precisávamos tirar essas camadas. Escolher. Nos formávamos assim, por menos que soubéssemos.

— O fato é que acreditávamos nas assinaturas. Todos. E eram apenas impressões. Falhavam. Faziam água. Muitos escaparam assim, do que era sistemático porém impreciso. Tendo nas mãos os documentos que se escondiam na velhice, na deterioração.

— Posso ter trabalhado um dia após o outro. Posso ter construído casas. Posso ter colhido cana. Posso ter sido respeitado pelo que não era. O que provavelmente fez pouca diferença... Provavelmente contei piadas. Passei tardes e tardes nos cinemas, os mesmos filmes. Decorei os diálogos, as paisagens, o que a câmera mostrava e o que nos fazia adivinhar. Atentei pra rotinas que não eram minhas. Fiz conhecidos...

— Não mais que isso.

— Não mais que isso. Me diluí. Me distraí. Me deformei. Os ônibus. Escolhia as linhas longas. Cruzava a cidade ao amanhecer. E seguia cruzando. Foram épocas inteiras assim. O *rush* se suavizava com o almoço. Era importante estar em movimento. Possivelmente contei trocados, pratos feitos, pensões. Devo ter procurado prostitutas. Pra uma coisa e outra...

— Qualquer amor é sempre um alívio...

A mulher indica a certidão de óbito encoberta pela pasta:

— Aliás, suas dívidas foram perdoadas.

O homem ri. Diz que continua fazendo dívidas, apesar disso. Agora por um outro nome, mas nunca se deixa de fazer dívidas. Que, se ela quisesse, a vida poderia ser assim: uma conta da qual apenas se retira. Há regras. Há limites. Um tanto a gastar. Pode ser fixo. Então se trabalharia a quantidade pelo tempo. Cada um deveria decidir como utilizar as suas cotas. Hoje pode-se calcular tudo.

— Por qual nome eu deveria te chamar?

O homem diz um nome. Depois outro. Em seguida, mais um. Nomes completos. Fotografias, carimbos, papéis. Diferentes nomes, diferentes personalidades. Que fez por merecer cada um desses nomes. Que resolveu criar vida assim, dentro de si. Que gerou e pariu personagens. Que nisso exercitou sua liberdade. Nessas grandes mentiras inocentes. Que começou a trocar de nome quando trocava de lugar. Que era conhecido por regiões. Que transitava por elas pra ver suas fronteiras caírem e serem reerguidas do outro lado. Que se viciou em ser mais de um e conversarem entre si.

— Isto é uma conversa?

— É sempre uma conversa. O que não quer dizer que uma conversa tenha sempre qualidades. O proveito também se escolhe.

— Por enquanto eu escolho o seu nome. O nosso nome. Mas não ouso pronunciá-lo.

O homem não pode interferir nisso. No nome que a mulher lhe dá. No nome que a mulher lhe deu e lhe chamou ao longo do tempo. Ele não pode se meter nisso. Porque só a repetição faz conhecida a nossa originalidade.

— Fiquei com medo de trazer um disco.

A mulher admira-se.

— Ouve-se um pouco de tudo.

— Depois pensei que era uma desculpa, que o melhor era mesmo ouvirmos as próprias palavras. Que seriam a única novidade dessa conversa. A própria conversa. Nada mais. Nenhuma distração.

— Com quem?

O homem admira-se.

— Já disse, você é quem escolhe.

— Eu escolho perguntar o que você fez das coisas que têm origem no corpo. Das manias físicas. Das doenças que nos identificam.

— Tomei remédios.

— Agora eu escolho perguntar o que você fez das coisas que têm origem no pensamento... ou melhor, na ausência de pensamento, na imaginação.

— Continuei dormindo e continuei sonhando. A diferença entre a vida e o sonho é o lado no qual se acorda. Por qual nome eu deveria te chamar?

— Pelo mesmo de sempre. Mas deveria haver um outro sinal. Aspas, por exemplo. Como se o nome fosse aquele, mas pudesse ser outro, ter outro sentido, significar o contrário, repentinamente.

Mundo exterior:

Faz calor. Abafa. A umidade parada nas nuvens. Como se fosse chover. Chover e começar a fazer calor e evaporar, pra que chovesse em seguida, antes de outro calor. Faz calor. A gente sempre vê os ventiladores funcionando e as pernas das pessoas mais expostas. Basta levantar a cabeça e procurar. Em São Paulo, os helicópteros das polícias e das televisões não deixam ninguém em paz.

Continuando:

— Por que eu não devo abrir a porta e jogar você fora?

— Um morto?

— Essa é uma razão pra quê?

— Pra que você tire seu melhor proveito.

A mulher e o homem conversam. Pode-se fumar um cigarro. Por causa do cigarro. Do prazer da fumaça com as palavras:

— Ainda assim deve ter havido alguma suspeita. Um estranho que nos reconhece de algum outro lugar.

— É impossível que não.

— É um preço alto. Ou um risco... ou...

— ...um prêmio. Por não ser mais necessário manter em dia as promessas.

— Um alívio indivisível.

— Eu me pergunto se deveria ter feito alguma coisa...

— Nada disso lhe diz respeito.

— Eu deveria colocar você pra fora.

— Outra vez?

— Justamente porque eu já tive esse trabalho. Primeiro me roubam a sua vida, depois você me rouba sua morte.

O homem então ergue um brinde com a taça vazia:

— À "nossa"!

A mulher não acompanha o homem:

— Você gostaria que eu pedisse desculpas?

— Seria mais fácil.

— Seria o melhor?

— Se nos contentássemos...

A mulher se ergue. Coloca sobre o colo uma caixa com a inscrição "escritório/frágil". Retira dela envelopes, latas e outras caixas menores. Cada recipiente com uma etiqueta.

— As suas cartas eu guardei durante um tempo. Não abri. Havia um lugar pra elas. Uma gaveta. Isso foi no tempo em que eu pensava que poderia abri-las com você... Depois, como eu tivesse perdido... à falta de palavra melhor... "a esperança", recolhi essas cartas e as queimei. Nem assim eu as abri. Como as cartas não paravam de chegar, mandei um ofício protocolado aos correios. Que não existia o "destinatário" no endereço. Que havia um erro sendo cometido. Sistematicamente. O carteiro teimava em trazer todas as cartas. Um dia eu corri atrás dele até a praça, gritando. Não adiantou. Na manhã seguinte as cartas estavam de volta. Decidi falar com ele, explicando o mais calmamente possível, que aquele... "Ele" não morava mais aqui e que não tinha a menor idéia de onde andava.

A mulher sorri. Começa a rir e logo gargalha.

— Sabe o que ele teve coragem de me dizer? Que só poderia levar as cartas no dia em que eu indicasse um outro endereço pra ele deixar!

— O que você fez?

— Diante disso, desisti. Deixei a papelada amontoar embaixo da porta. Deixava a porta pra cá e pra lá, esmagando e raspando, se entupindo, simplesmente. Um dia, de repente, sumiram.

A mulher torna a guardar o material de escritório dentro da caixa. Ergue-se. Leva a caixa ao cômodo designado. Há um pequeno caos no caminho. Livra-se dele com os pés. Busca a cadeira giratória. Senta-se. Recosta-se. Gosta desse susto que a cadeira lhe dá. Como se fosse cair de costas. Distribui em torno o conteúdo da caixa que ainda mantém nas mãos. O sentido não vem de uma vez. É preciso arranjar e rearranjar até que tudo se conforme nos pregos, gavetas e prateleiras. A movimentação na sala não passa do lugar onde ele ficou. Ninguém parece ter mais pressa. A mulher dobra a caixa vazia nos vincos. Coloca-a junto da parede. Na volta não será mais necessário usar os pés pra abrir o caminho. Ainda a desordem, mas não a bagunça. Na sala. Lá está ele. Ainda. No mesmo lugar. Senta-se.

— Você me desculpa, mas eu só tenho o fim de semana pra arrumar tudo.

— Não é preciso.

A mulher não fica certa a que o homem se refere. Não pergunta. Ele explica:

— Você não deve se preocupar comigo.

— Eu sei. Percebi enquanto estava no escritório.

— Você vai ter o seu escritório!

— Já está ali, à direita.

— De que cor ele será?

— Branco.

— Como serão os móveis?

— Claros também. Com uma mesa em "L". Uma estante dos pés à cabeça. Luminária. Telefone sobre a mesa. Um peso pra papel de vidro, veja só?! As fartas folhas de papel rascunho cobrindo a mesa. Disquetes. Pequenas lembranças. Pequenas bobagens espetadas. Quadro de cortiça. Lixeira. Porta-retrato.

— Onde você possa receber pessoas.

— Tomar decisões.

— Tocar a vida...

— Também.

O homem ergue-se:

— Posso?

Ele aponta o escritório. A mulher faz uma reverência com os braços, indicando o caminho. O homem vai. A mulher repara nos sapatos dele. São bons. Não são novos mas são bons. Ele grita, desde lá.

— É um luxo.

Ela devolve o grito:

— Ou uma escravidão.

Ele volta. Ela gira pra recebê-lo de frente.

— Parabéns.

— Parabéns a você.

A mão da mulher está ressecada. Ninguém comenta.

— O porta-retrato, que retrato continha?

— Você não reparou?

— Não. Havia muita novidade.

— Foram retratos nossos, foram retratos teus, foram retratos meus... agora são imagens colhidas ao acaso. Imagens selecionadas, retocadas. Paisagens fosforescentes. Postais. Só o porta-retrato não foi mudado.

A mulher espera o homem sentar.

— Eu fiz um aborto.

O homem, com curiosidade:

— Eu deveria saber disso?

— Não, dever não... Foi quando comecei a dar como louca. Disso você precisa saber. Ainda não decidi se é uma espécie de vingança ou de explicação. Mas é bom que você saiba. "Dar", de todo modo, é uma boa palavra pro que eu fiz. Comecei em casa, protegida pelas minhas coisas. Depois nos quartos alheios. Ainda era cama. Ainda havia ambiente. Depois nada disso me satisfazia. E comecei a dar em festas, usufruindo de roupas e de cômodos estranhos. Dei em banheiros, em lavanderias. Sem nenhum respeito. Sem nenhum conforto. Dei por baixo de cobertores, nos fundos dos ônibus. Deixei de me preocupar. Dei ao ar livre, dentro d'água, em barracas, em becos. Como uma viciada. Me machuquei. Machuquei. Deixei marcas. Enganei. Pra amigos. Pra conhecidos. Pra inimigos. Acordava pra conferir os roxos. O cheiro doce de esperma, de suor, dos meios das pernas. Mulheres, homens, coisas. Gozei muito disso tudo. Me deixei violar pelo que quer que fosse. Me esqueci. Pra destruir famílias. Com as carnes vivas. Pelo prazer de dispor. Tive quatro ou cinco vidas. Por um capricho. Pra vergonha de quem queria fazer o mesmo. Pra quem era incapaz. De raiva. De medo. No final, um descuido...

— Com família eu nunca fiz as pazes.

— Em nenhum momento me ocorreu criar essa criança. Desde o primeiro instante eu não quis me apegar a ela. Agora mesmo isso nem importa mais. Não me leve a mal. Eu parei de fumar há poucos dias.

De repente, a mulher:

— Nós sempre podemos tratar tudo isso como uma experiência.

— Quem seria a cobaia?

— O mais fraco. Ou a mais fraca.

Os dois:

— Nosso aspecto é tão bom quanto o de qualquer outra pessoa.

Ele:

— Apesar de tudo, cada geração envelhece mais que a outra.

Ela:

— Os velhos nunca foram tão pouco importantes como são agora. Os velhos... todos eles. Ficaram exaustos do mundo. Com certeza os velhos perderam a batalha. Já os jovens não a ganharam. As cadeias serão cada vez menos necessárias.

Segunda versão do homem:

O homem procura o sofá. Senta-se. É um movimento ensaiado. Um enunciado. Não é de hoje:

— Estou sentado com um copo de café com leite entre as mãos. O café com leite está frio. Faz tempo. Giro de um lado pra outro entre as palmas das mãos, pois essa é a senha. Combinei com os policiais. Há dias colaboro com eles. É a primeira vez que vou à rua, depois da prisão. Pra cumprir meus pontos. Pra servir de isca. Será a primeira de muitas vezes? Será quantas vezes for necessário. Nenhuma vez a mais que isso. Comecei a colaborar espontaneamente. Sem remorso. Nem raiva. Às vezes tenho mesmo uma vaga sensação de triunfo. De fazer algo importante. Nos meus melhores momentos me imagino salvando vidas. Mas nada é tão simples. Pra cada vida que se ganha, ou melhor, pra cada vida que não se perde, uma outra deve ser jogada fora. É a mínima proporção aceitável. Um olho por um olho. Um dente por um dente. Os agentes, os inimigos, me nomearam "analista de informações". Meu trabalho será usar as suas palavras contra você. Será fazer você engolir tudo de volta, agora como cacos de vidro. Receberei salários. Muito tempo depois disso ainda receberei salários mas, nesse dia, nesse primeiro dia percebo desde o primeiro instante quando meus companheiros cruzam a rua em minha direção. Dois ou três deles. Não posso saber. Estão se aproximando sem as devidas cautelas. Deveriam passar. Deveriam observar. Deveriam se reassegurar da segurança desse restaurante impregnado por tipos esquisitos, com armas definidas como caralhos apontados por baixo dos aventais. Eu aguardo. Pouso, finalmente, o copo sobre o balcão. No extremo oposto, o delegado fica alerta. Na calçada, perto da banca de jornal, um agente deixa meus companheiros passarem por ele e imediatamente coloca-se em seu encalço. Um auxiliar de cozinha arranca seu avental. Meus companheiros me estendem a mão. Como são idiotas em continuar avançando, apesar de todas essas evidências. Ainda sorriem. Não há tempo. Os policiais saltam-lhes por cima. São dominados. O delegado faz questão de me cumprimentar diante deles. Noto sua inocência se despregar da cara, cair no chão, estilhaçar em grãos microscópicos. Dura um certo tempo. O suficiente para que tenham certeza. Isto posto, são espancados furiosa e desnecessariamente. Diante de todo mundo. São arremessados aos carros. Vão calados. São interrogados. Novamente espancados furiosa e desnecessariamente. "Você é capaz de sustentar com a vida as suas palavras?" Dizem qualquer coisa. Nada dizem. Fazem juras épicas em voz alta. Batem palmas com ossos quebrados e as bocas cheias de catarro. São desaparecidos em atropelamentos. As caras esmagadas no barro das estradas. São enterrados em valas clandestinas. Alguns são fotografados. Por um capricho de uma lei de exceção...

O homem toma fôlego:

— Assim eu me defendi. Drenei toda minha consciência nesse trabalho meticuloso, sutil, de "analisar informações". Analisei todas as informações disponíveis. Estabeleci conclusões insofismáveis. Ensinei o Padre Nosso aos otários. Um dia fizemos um juramento de vida ou morte. Eu, o traidor, o "colaborador", e os outros, os agentes, os inimigos. Juramos todos pelo silêncio de nossas ações e sabedorias e fomos cuidar da vida que nos restava.

A mulher chora. Para dentro. Uma lágrima por cima da outra até chegar à exaustão do peito. As costelas esmagadas. O pulmão colado. Nada.

Continuando:

A mulher não se move, o homem adianta-se para o arquivo plástico. Apanha uma folha a esmo. Lê:

— Vossa Excelência não pode imaginar a angústia...

Apanha outra folha. Lê:

— ...as noites em claro...

Mais uma. Lê:

— ...arrancado do convívio...

Outra. Lê:

— ...a dor de uma família....

Lê:

— ...o estimado companheiro...

A mulher arranca a última folha da mão do homem. Guarda junto com as outras, arremata:

— Mandei cartas ao Presidente. Ao Vice-presidente. Às suas Digníssimas Esposas. Aos Ministros. Aos Secretários. Aos Sindicatos. Ao Bispo. Ao Arcebispo. Ao Cardeal. Ao Papa. Às suas Digníssimas Esposas. À Anistia Internacional. Ao Tribunal Bertrand Russell. À OAB. À OEA. Ao STM. À Comissão Internacional de Justiça... aos Cemitérios, aos Necrotérios, às Sete Igrejas... a quem interessar pudesse. Cartas historiadas, registradas, protocoladas, insistentes, repetidas... muitas vezes. Investi boa parte do nosso patrimônio na nutrição desse pequeno câncer. Quem pude incomodar, eu incomodei. Também exterminei alguns inocentes. Peguei ódio da inocência. Peguei gosto. Durante um certo tempo essa se tornou a minha causa praticamente exclusiva.

— O escândalo?

— Não, envergonhar. Não permitir que usufruíssem de sua segurança duvidosa. De sua respeitabilidade inofensiva.

— O que diziam essas cartas?

— O de sempre, então. Descreviam uma prisão irregular. Traziam boatos de companheiros. Depoimentos de testemunhas. Despachos de autoridades. Demais provas.

54

— Não havia quem não tomasse conhecimento com pesar?

— Hum-hum. Todos sempre sentiram muito. Mesmo enquanto mentiam.

— Principalmente nessa hora. E então?

— Então já não fazia diferença. Depois é a História que você conhece. Demorou dois anos e meio até que as sirenes, os alarmes e as campainhas deixassem de me assustar. *Toca um telefone celular. É do homem. Ele o apanha e observa o número que chama. Deixa que toque. Não olha pra mulher. Toca até o fim. Só então ele olha pra ela, que continua:*

— Logo que as minhas esperanças começaram a amargar, como um faro, aquele homem ligou. Imediatamente pediu o meu silêncio. Disse que tinha pressa. Que os telefones não mereciam confiança. Que eu não poderia estender a conversa com as minhas perguntas. Depois, como se eu não soubesse, disse que era você. Disse que era preciso que eu acreditasse que era você.

— Não...

— Eu não duvidei. Não me interessei. Me lancei naquilo. Qualquer possibilidade. Qualquer resto. A pior das insanidades, se fosse o caso. Não disse nada a ninguém, como me foi pedido por aquele homem.

— Eu entendo.

— Isto não é mais importante... mas ele/você havia me telefonado pra dizer que estava bem. Que eu ficasse tranqüila. Chegou mesmo a considerar a dificuldade desse estado de espírito naquelas circunstâncias. Mas que era importante. Como a causa. Que ele/você estava "fechado", porque seu/dele rosto fora identificado numa ação. Que havia cartazes com sua/dele foto. Que todo dia na rua era uma luta contra todos aqueles que observavam aqueles cartazes e prestavam atenção. De todo modo, que ele/você estava vivo.

— Não era eu.

— Não. Eu sei. Depois eu soube. Não na primeira vez. Na primeira vez foi como eu disse. Como se ele/você percebesse o fim desse meu mal-estar. Como se fossem começar a sofrer do meu abandono. Como isso poderia parecer insuportável. Por isso, por essa... "adivinhação"... eu tive certeza de que este homem era quem ele próprio dizia que era.

— Não era.

— Esta pessoa. Este homem ainda ligou uma segunda e uma terceira vez. Eu chorei com este homem como se chorasse com você. Fiz recomendações como se cuidasse de você. Não deixou de ser um alívio enquanto durou. Trinta ou quarenta minutos. Dois ou três dias.

— Como você fez pra ter certeza?

— Me referi a lugares e pessoas desconhecidas ao homem desse telefonema. Quando ele não riu do que nos era engraçado. Quando ele não lamentou o que nos entristecia. Essas memórias. Nem foi preciso que eu mentisse.

— Não posso imaginar quem seja.

— Não havia um traço de maldade ou ironia. Era a mais nobre vontade de confortar uma aflita. Eu posso imaginar o proveito de alguém que faça uma coisa dessas.

O homem deixa o telefone celular sobre o arquivo plástico. Em seguida leva a mão à jaqueta. Como se fosse massagear o coração. Tira dali uma pistola. Está carregada. Está travada.

— É alguma coisa que você quer?

— Não estou certo.

O homem tem o cuidado de jamais apontar a arma pra qualquer coisa que possa ser ferida ou quebrada. Deixa assim, sempre apontada pro chão.

— Onde você usa isso?

— Isso é algo que não se usa mais.

O homem faz cair o pente. Retira as balas. Uma a uma elas pulam pra concha de sua mão. Fica ali esmagando umas contra as outras, depois girando-as na palma das mãos, numa brincadeira zen qualquer. Sorri.

— A gente tem um entendimento muito rápido quando apontam uma arma na nossa direção.

— É um reflexo.

— É mais do que isso. Você vê a flor de fogo se alastrar a partir do centro do outro. Vê que lança uma mancha de luz púrpura sobre aquele que atira. Você sabe que é um instante, mas é suficiente pra definir a mão, os dedos tensos abraçados à coronha, as unhas rosadas. É um instante, mas é forte. Subitamente, como se desentupissem os seus ouvidos, chega o estampido. Lá está a cápsula pulando do corpo da arma, o projétil surgindo na ponta do cano, cercado de cacos de pólvora acesos.

— É um espetáculo.

— Visto assim, é certo. Imediatamente uma série de reações e comportamentos se desencadeiam. Você não pode fazer nada. Ou é tudo o que pode fazer. Você reage. Impulsos elétricos cortando a pele, o formigamento generalizado. Você se alonga e se contrai. Os músculos encavalados pra que você ocupe o menor lugar no espaço ao mesmo tempo.

— Nem o menor sinal de ódio?

— Não. Em nenhum de nós. Num resto de claridade, ainda posso ver o rosto desse atirador. Ele se contorce, mas não é raiva. É mais uma embriaguez.

— É obsceno.

— Enquanto o chumbo corta o ar, é possível observar com clareza a forma do projétil e as ranhuras provocadas pelo interior do cano. Enquanto ele avança, giro de um lado pra outro. Pra despistá-lo. Me jogo no chão. Rastejo pra debaixo de um carro. A primeira bala bate numa parede de tijolos. Deforma-se. Penetra o barro. Grãos de poeira nevam por tudo. Logo uma outra bala está acertando mais próximo meu esconderijo. Espirra no automóvel que me protege. Colocando a cabeça rente ao chão, consigo ver os pés do atirador. Finalmente posso sacar a minha arma. Atiro pra machucar. Os dois ossos da canela se rompem. O atirador cai com o peso do corpo. Solta a arma. Olha pra mim. Sabe que não tem mais tempo de se recuperar. Ainda assim, faz menção...

— É um reflexo.

— Não dou conta. Faço mira. Atiro de misericórdia.

— É assustador.

O homem espalha a arma desmontada por cima da caixa "livros/frágil".

— De todo modo, tudo isso pode ser apenas cena de um filme de ficção científica...

Um jogral:

— Quem diria que os militares se cansariam?

— Quem diria que os civis os piorassem?

— Quem diria que havia alternativa?

— Quem diria que a experimentassem?

— Quem diria que fosse tão rápido?

— Quem diria que lembrássemos?

— Quem diria que votássemos?

— Quem diria que o conforto é mais forte que o incômodo?

— Quem diria que as ilusões são recondicionadas?

— Quem diria que as mãos ficassem tão limpas?

— Quem diria que o silêncio se erguesse?

— Quem diria que fizesse barulho?

— Quem diria que estivéssemos surdos?

— Quem diria que os juízes fossem os mesmos?

— Quem diria que as escolhas nos diminuíssem?

— Quem diria que as saídas se multiplicassem?

— Quem diria que tivéssemos perdido?

— Quem diria que tivéssemos sobrado?

— Quem diria que os aviões voltassem a ameaçar o ocidente?

— Quem diria que o oriente ainda estivesse daquele lado?

— Quem diria que os mapas se abrissem dessa maneira?

— Quem diria que as fronteiras se fechassem?

— Quem diria que um pecado justificasse os outros?

— Quem diria que foi justificado?

— Quem diria que nos redimissem?

— Quem diria que nos convencessem?

— Quem diria que nos contassem?

— Quem diria que a doença atingiria o prazer?

— Quem diria que o prazer estivesse na doença?

— Quem diria que os cigarros fossem punidos?

— Quem diria que o espaço fosse infinito?

— Quem diria que a Lua fosse abandonada?

— Quem diria que o Tio Patinhas pudesse ficar envergonhado?

— Quem diria que lucrasse com isso?

— Quem diria que a honestidade tem um preço?

— Quem diria que fosse tabelado?

— Quem diria que os livros voltassem a ser permitidos?

— Quem diria que pudessem dizer algo?

— Quem diria que a dor fosse coberta por todos esses anos, por todos esses panos e que a História fosse essa?

— Quem jogaria a primeira pedra?

A mulher, definitivamente:

— Se não fosse atestada tua morte, eu jamais compraria esta casa.

A possível memória comum:

— Eu estranhava os lugares. Pedia licença, batia nas portas, tropeçava em degraus. Quando dormia, arranhava os braços. Quando acordava, esquecia onde. Passava correntes. Preferia o repouso... A certeza que eu tinha, por alguma razão, passei a ter um dia, sem mais nem menos, quando, finalmente, eu chorei sem vergonha. Começou com um suspiro. O suspiro virou tosse e em pouco tempo eu podia gritar, se quisesse. Gritei. Fiz tudo transbordar de mim. Chorei até doer os olhos. Quando não havia mais o que chorar, minha boca apresentou sangramento. Meu dentista disse que era uma doença antiga, que acometia soldados em trincheiras. Foram meses pra me fechar as feridas. Fiz uma espécie de operação plástica nas gengivas e decidi parar de olhar pra trás.

— A certeza que eu tinha foi desaparecendo suavemente. Foram anos pra me acostumar à falta de atitude. Por fim, tinha parado de pensar. Boa parte do tempo consegui viver assim. Também tratei dos dentes. Antes que apresentassem problemas. Muitos deles são falsos.

Um teste:

— Eu ainda me lembro de duas ou três palavras de que só você e eu conhecíamos o verdadeiro significado, mas já não é mais possível que as pensemos ao mesmo tempo, como costumávamos fazer.

— Nós nunca convivemos.

— Isso não é verdade.

Tempo:

A mulher se retira. Vai ao quarto. Fica às voltas com a arrumação interrompida das caixas. As portas dos armários abertas. Senta-se na cama. Ainda dobra duas ou três peças de roupa como se nada houvesse. Depois é impossível. O súbito esforço que é olhar em torno. As coisas acumuladas. O tempo embaralhado. Permanece sem saber se continua ou desiste de tudo. Toma uma decisão. É estúpida como qualquer outra. Apanha um vestido do guarda-roupa. É um vestido recente. Também uma toalha. Tranca-se no banheiro. Banha-se. Passa cremes. Maquia-se. Volta à sala. Ela senta-se diante dele. Cruza as pernas. Desajeita o vestido.

— Era assim que se recebiam as visitas.

— Eu não me arrumei. Qualquer tempo com a idéia de aparecer aqui seria demais. Eu desistiria.

— Era importante que você não pensasse?

— Era importante que eu não lembrasse.

— Você ainda queria uma surpresa?

— Pode ser por isso.

— Pois você devia ter pensado melhor...

Continuando:

— O mais difícil foi retomar da vida, as conversas. Não estava mais habituada a perguntas e respostas, a essa exigência elementar da convivência. Minha boca era seca. Freqüentemente eu me esquecia quem perguntava e quem respondia. Esquecia de notar a entonação que se dá a uma e outra em nossa língua. Respondia o que não me era perguntado. Perguntava no limite da impertinência. Então confundia a ordem das perguntas. Porque é preciso perguntar algumas perguntas antes de outras. Criar uma gradação. Uma cadência.

— Isto também tem a ver com intimidade...

— Eu estava coberta de intimidade. Esgotada dela. Eu poderia ir ao médico, se quisesse. Só não me espantei o suficiente.

O homem se ergue e se espreguiça. Ela nota-lhe a indefinição dos músculos. Leva a mão ao ventre. O homem gira em torno da mulher, como se lhe ditasse uma carta.

— Eu converso nas filas, nos pontos de ônibus, nos balcões, nos táxis... Ainda hoje é assim. Me entrego de ouvidos abertos a esse enorme desejo de contar. Me interesso. Fico sabendo de filhos internados, de esposas uterinas, de noites inesquecíveis, da repetição dos dias, das doenças que consomem as famílias, da disputa entre os salários e as despesas, dos sonhos das putas e das mulheres casadas, da fama das bebidas, da mocidade desperdiçada, da velhice inútil, de vira-latas dentuços, de Deus faltando sempre, do desejo insaciável de sangue do cidadão comum.

— São os seus personagens?

— Sim. Não se pode inventar tudo.

— Não, não se pode. Mas é preciso querer. De mais a mais, eu entendo que o silêncio entre dois estranhos seja um incômodo terrível.

Não é imediato, mas a mulher continua. Por via das dúvidas:

— Por que essa arma?

— Essa arma não é de hoje.

— Havia algum inconveniente em você atender o seu telefonema?

— Inconveniente não. Há algum inconveniente?

— Inconveniente não.

Sonho oculto:

A mulher lembra de um sonho onde o homem se afasta acenando e termina por se perder entre os lençóis estendidos num quintal. Como tudo isso diz respeito a ela, que inventou tudo, o homem nem fica sabendo.

Continuando:

— Eu me lembro perfeitamente do meu orgulho com as primeiras tarefas. Você sabe que eu ainda sou pouco mais que uma criança. Não que pensemos assim. Aliás, seria uma lucidez insuportável e desnecessária. Do fundo do coração, ninguém quer ser prudente. É da História que estamos falando e isso tinha muito pouco a ver com prudência. Sinto que já vivi o suficiente aos quatorze ou dezesseis anos, quando estou preparada pra essa entrega. Também já trago a emoção dos nossos livros, dos caminhos que cortam, das ações que incentivam. A idéia de que felicidade é um fenômeno coletivo.

— Nunca mais será assim.

— Nunca mais será dessa maneira: quando entro pra organização, esse é meu prêmio. A felicidade alheia. A minha e a deles. Uma só. Nunca vou me preocupar com a minha juventude. Não me preocupei com a nossa, aliás. Ou foi outra juventude. Uma juventude capaz de qualquer coisa e, ao mesmo tempo, disciplinada. Isso não faz o mesmo sentido nesses dias. Não é pior. Não é melhor. Mas é assim que sou aceita no primeiro grupo de minha escolha. É o primeiro movimento autêntico. Não é por decisão minha, apenas. Sou preparada. Sou fichada. Sou seguida. Produzem-se relatórios. Após alguns seminários e estudos, após a revelação de uma espécie poderosa de idoneidade, aí então sou incorporada às fileiras.

— O "recrutamento"...

— Mais uma palavra importada dos exércitos.

— Ainda não é possível dar outras palavras pra novos significados da mesma coisa...

— Talvez você tenha razão. Talvez fosse preciso reinventar a comunicação e não apenas os conceitos. Isso até pudemos imaginar, mas não conseguimos... ainda fica o desconforto.

— Na época...

— Na época é assim mesmo. E também é um enorme prazer.

— Partilhar as palavras.

— Partilhar os significados. As palavras eram miragens de iniciação. Pertencer a um exército. Heroicizar-se. Quando sou informada do meu primeiro "ponto", por exemplo, essa palavra mágica das nossas responsabilidades, eu não posso pensar em mais nada. Tudo fica determinado por essa passagem. O primeiro que eu me lembro bem é insignificante. Provavelmente desnecessário. Ainda é o começo e podemos nos dar esses luxos. Tomo todos os cuidados (já temos nossos maus exemplos de segurança). Tomo mais alguns. E outros. Compareço. Ouço. Nenhuma anotação. Memorizo exatamente. Como muitos depois, são encontros marcados em bares e redações, nas casas de simpatizantes, de professores... Devo buscar textos para boletins e jornais. Essas pessoas, com graus variados de compromisso, mostram-se simpáticas e reservadas. Sou parabenizada por partilhar essa decisão. Ficarei pra sempre seduzida por esse tratamento. Isso é verdadeiro. Nos piores momentos desses tempos, jamais colocarei em questão essas gentilezas. Talvez porque fossem a pista do que quiséssemos. Apreendo, assim, o mistério e o sigilo do que fazemos. São comunicados, decisões, incentivos, análises... são textos revolucionários... são petiscos do oráculo... Devo reproduzir e espalhar esses papéis.

— Documentos...

— Sim, "documentos". Esse nome mais civil também não conseguimos inventar. Também não interessa. Devo transportar "documentos", devo guardá-los. Um dia, com espanto e excitação, sou informada de que devo queimá-los também, se necessário.

— É assim que se começa. De algum modo precisamos saber que é uma questão de vida e morte. O quanto antes.

— É tudo o que eu preciso na ocasião. E executo os meus desígnios com essa fascinação de moça, que empresta o viço do corpo ao receio dos tempos. Estar por dentro. Ser peça e engrenagem. Como a minha perfeição me qualifica, em pouco tempo faço mais e melhor.

Aqui a mulher precisa de uma pausa. Então prossegue:

— É nessa época que me apaixono por um garoto. Vive perto de minha casa. Me vejo correndo ao portão, pra colher um olhar, um sorriso. Talvez mais velho do que eu, não tenho certeza, mas o importante é que não pertence à organização. É um amor instantâneo. Não fui preparada pra ele. Me deixo levar como nunca mais. Pode ser que nem seja o primeiro, mas é assim forte, como todos o são nessa época. Essa é uma outra escolha à qual me abandono. Desconfiada, em silêncio. Não sei quando encontro tempo. Acredito que mantenho esse segredo. Lembro de beijos e mãos esmagadas contra os seios. Tenho muita vergonha, mas não é mais que isso. Ao mesmo tempo, penso se sou capaz de viver nessa distinção. A causa no meu entendimento e o coração no meio das minhas pernas. Seria um disfarce inconcebível? Mas antes que eu possa pensar nessas coisas, sou convocada pra uma reunião. Estou preparada pra mais e piores ações, mas não é disso que o contato quer falar comigo.

— O assunto é esse garoto.

— Então você sabe...

— Não sei. Sei que é possível.

— Não, não é possível. Muito se fala, mas o principal é que esse garoto é um risco pra segurança. Se eu não pudesse convencê-lo da nossa razão, não deveria convencê-lo de outra maneira. Desisto dele. Pode ser que tenha chorado, mas não diante deles. Do contato ou do garoto. Desisto contra todos os pedidos e todas as mágoas dele. Não me importo mais que isso.

A mulher acaba por se erguer. Ela e ele ficam assim a uma distância fixa e imutável um do outro. O resto, no entanto, se move. É preciso experimentar o espaço, quem sabe...

Jogral

— Nós teríamos nos casado.

— Nós teríamos brigado por dinheiro.

— Nós teríamos brigado por valores.

— Nós teríamos brigado.

— Nós teríamos feito as pazes.

— Nós teríamos feito companhia.

— Nós teríamos nos curvado.

— Nós teríamos enfrentado.

— Nós teríamos barriga.

— Nós teríamos cuspido pelas costas.

— Nós teríamos salários.

— Nós teríamos contas e azias.

— Nós teríamos automóveis.

— Nós nos atacaríamos por divergências de trânsito.

— Nós nos atacaríamos.

— Nós teríamos sombras.

— Nós teríamos nossos caminhos.

— Nós teríamos dado a outra face.

— Nós teríamos frases feitas.

— Nós teríamos virado pro outro lado.

— Nós teríamos pesadelos recorrentes.

— Nós teríamos dado um tempo.

— Nós progrediríamos.

— Nós teríamos férias.

— Nós voaríamos pelos ares.

— Nós vagaríamos à noite.

— Nós teríamos passado livros de mão em mão.

— Nós teríamos nos trancado com lâminas afiadas.

— Nós faríamos ameaças.

— Nós agiríamos.

— Nós teríamos jardins.

— Nós teríamos parentes.

— Nós teríamos amigos.

— Nós nos vingaríamos.

— Nós pagaríamos consórcios.

— Nós pagaríamos caro.

— Nós teríamos dançado.

— Nós teríamos lendas.

— Nós teríamos motivos.

— Nós nos frustraríamos.

— Nós teríamos vaidades.

— Nós teríamos celulites.

— Nós faríamos ceias.

— Nós comeríamos omeletes e sanduíches que o diabo amassou.

— Nós teríamos negócios.

— Nós teríamos impostos, taxas e ressacas.

— Nós teríamos acidentes: dedos cortados, ossos quebrados, abortos involuntários.

— Nós teríamos acesso aos avanços da ciência.

— Nós teríamos jeito com certos mecanismos.

— Nós teríamos satisfação.

— Nós teríamos fotografias.

— Nós teríamos indigestão.

— Nós teríamos ninhos de ratos.

— Nós teríamos um gato escaldado.

— Nós nos assustaríamos com a televisão.

— Nós teríamos computadores.

— Nós teríamos horários.

— Nós teríamos mil chaves pra quinhentas portas.

— Nós teríamos seguro.

— Nós misturaríamos nossos ouvidos e narizes e gargantas.

— Nós teríamos crises e flertes e amantes.

— Nós quereríamos que o mundo acabasse aos barrancos.

— Nós nos lançaríamos à vala comum da felicidade.

— De corpo inteiro.

— Cheio de dedos.

— Nós nos confessaríamos.

— Nós faríamos silêncios.

— Nós seríamos carne e espírito.

— Nós teríamos nos buscado com a boca aberta.

— Nós teríamos adivinhado.

— Nós teríamos nos separado.

Continuando:

Tem um barulho insistente, tão insistente que fora esquecido e que agora cessa.

— O que é que está recomeçando?

— Nada, por enquanto.

— Que tipo de presença é essa?

— É uma visita.

— De quem? Pra quem?

— É uma avaliação, se você quiser.

— Com que direito?

— O que é que direito tem a ver com isso?

Como desenhar coisas invisíveis:

— O medo é um ciclo. Uma onda pulando a outra. Bate, bate até que fura, corta e dobra. Medo de dormir. Medo de sonhar. Medo do silêncio negro do fundo dos meus olhos. Medo de precisar tomar água. Medo dos barulhos da minha orelha. Medo desse piano desafinado que fica martelando. Medo de choque nu. Medo das luzes perdidas nos prédios e das pessoas por baixo delas. O medo é um silêncio que estica. Medo dos revólveres cochilando. Medo das balas inocentes. Medo das facas separadas dos garfos. Medo das tesouras fechadas e dos espremedores de pernas cruzadas. Medo dos utensílios a que se deve dar algo a fazer. Medo da dureza dos santos de gesso. Medo dos colares de transmitir azar. Medo de mijar na cama e se espojar nesse mijo curtido. Medo das lamparinas e das minhas sombras que o vento faz mexer em torno de mim. Medo se eu ficar parado. Medo se eu mexer e esbarrar. Medo de ficar com a boca roxa e ser confundido com um palhaço. Medo Pai Nosso Ave Maria. Medo de cair sem chegar a lugar nenhum que quebre a queda. Medo de um caco de vidro por menor que seja. Medo do meu cheiro ficando nas coisas. Medo das coisas perdendo seu contorno. O medo é um ciclo. Um nervo pulando. Um dedo caloso e torto apontando.

O medo é uma paisagem onde eu deito a minha cabeça pra um carinho. Me faz esquecer da minha cabeça. Me faz esquecer demais da minha cabeça. Pelo amor de Deus. Amém.

As palavras e as coisas:

— Revolução, almanaque, consórcio, superintendência, golpe, luta, manobra, informação, libertação, crédito, instrutor, censura, reivindicação, instituto, modernização, segurança, clandestinidade, crédito, mercenário, ameaça, *politik*, acusação, anunciação, satélites, madureza, apoios, divisas, manifestação, informes, uniformes, explosão, conferência, fundação, espionagem, presuntos, programas, patriotismo, massa, povo, novo, habitação, lacrimogêneo, partido, tratado, colapso, *slogans*, integração, intervenção, consultas, safras, regimento, pronunciamento, marchas, causas, coroas, voluntário, impasse, foguetes, metas, subdesenvolvimento, reunião, ato, espionagem, classe, metralhadora, correção, apelo, independência, descolonização, camarilha, crítica...

— Poderes, sintéticos, expurgo, ataques, vanguarda, anúncio, renúncia, foice, potência, banco, subversão, declarações, fundos, pioneirismo, taxa, assinatura, posição, milícia, prisioneiro, tergal, bauxita, tática, grupo, jovem, gatilho, rastilho, ditador, orientação, guarnição, terrorismo, trilha, trégua, potencial, território, frente, efetivo, tribunal, arquivos, comunicados, sublevação, genocídio, dependência, burguês, difusão, resgate, direitista, agitação, exílio, colonização, adesão, traição, governo, movimento, iniciativa, mediação, nacional, popular...

— Reféns, greve, assembléia, bossa, operário, recompensa, determinação, passaporte, compromisso, reunião, brigadeiro, planejamento, bolsa, terra, cena, nitroglicerina, escalada, motins, deops, convenção, trunfos, tropas, pressões, repúdios, disparos, cerimônias, herança, laudos, cruzada, atentado, estatísticas, autarquias, mobilização, dirigentes, campanhas, enciclopédias, interrogatórios, estratégia, exércitos, processos, estudantes, %, isolacionismo, produção, vermelha, analfabetismo, informação, avanço, liderança, *habeas corpus*, discussão, atentado, cassação, salvação, vigília, superávit, embaixador, incondicional, executivo, nuclear, ocupação, aliados, alinhamento, coibir, derrubada, recursos, rendição, índice, agentes, sanções, repartições, resistência, regime, austeridade, reunião, dissidência, chapa, católicos, represália, batalha, aparelhos, fronteiras, correntes, levantes, *per capita*...

— Circunscrição, defesa, massacre, marcha, automobilístico, coalizão, participação, declaração, moeda, agressão, regimento, comando, combates, modelo, desbunde, relato, sucessão, deposição, sumiço, liberdade, patrulha, violação, tripulação, operação, emissários, coquetéis, blindados, versões, uma, duas, três, mil, milhão, bilhão, trilhão, quatrilhão, central, sítio, rebeldes, recesso, interventores, esferas, mísseis, pederastas, seca, manobras, forma, fome, propaganda, banimento, sindicatos, tendências, hierarquia, fascículos, nota, comissão, destino, fator, doutrinação, resoluções, bases, emigrados, teleguiados, submetidos, subnutridos, quartéis, testemunhas, tarefas, garantias, atividades, comentários, unidade, batida, bombas, granadas, morteiros, fuzis, cúpula, manifesto, hostilidades, guerra, manequim...

— Agitadores, gabinetes, combate, pontaria, quarteladas, conflito, cautelas, justiçamento, hipotecas, cerco, imperialismo, condições, monopólio, quadros, comandante, gráficos, criptocomunista, protesto, posições, denúncia, carcará, privada, agrária, laboratório, tanques, fontes, esquerdas, engajamento, arquivamento, doutrina, levante, reviravolta, opinião, conselheiros, curadores, balancetes, sargentos, economistas, oprimidos, jornalistas, intelectuais, bailes de formatura, concursos de *miss*, radiofoto, terra-ar, rural, universidade, empastelado, graça, tribuna, repressivo, junta, ativistas, forças, sistema, estado-maior, proposta, divisionismo, refugiados, anticoncepcional, torturadores, choques, irrigação, dependência, tabuada, órbitas, *striptease*, linha-dura, destacamento, treinamento, seminário, mobilizados, boletins, rodovias, letras, comuno-sindicalista, federação...

— Washington. Praga. Havana. Berlim, estupefaciente, linhas, *gulaks*, ideologia, inquérito, siglas, mobilizações, transistores, *happenings*, gorilas, ianques, festivais, científico, bombardeiros, auditoria, asilo, associações, extremistas, empreendimentos, desmantelamento, fachada, ameaça, ingresso, capitão, notícias, estradas, representantes, caminho, tomada, diretrizes, acordos, armamentos, nacionalismo-revolucionário, relatório, autoridades, cadernos, facções, ignomínias, comitês, diligências, tribuna, paranóia, conversações, dossiê, denúncia, pátria, marxismos, indiciamento, execução, derrubada, assessores, diretórios, excedentes, medidas, reacionários, focos, operações, dispositivos, rumores, resoluções, resgate, pauta, contestação, protestos, senta-levanta, senta-levanta, senta-levanta...

— Isso tudo já é muito velho.

— São as novas palavras dos dicionários.

Mais conversas:

O homem:

— É um tempo em que tenho as unhas rosadas, com uma meia-lua branca no encaixe do dedo. Essa minha mão, minúscula, transparente, está pousada sobre outra, dez vezes maior, com tendões na pele que são cordas torcidas sob uma lona dura de calos. Noto um pedaço de metal dourado. Um anel esmagando essa carne antiga. Tento desesperadamente livrá-la do tormento. Poros/buracos. Rugas/machucados. Tenho fome. É inútil. Ouço sons estranhos. Risadas. Algo choca-se contra meu rosto. Quente e doce me desce pela garganta. Tudo escurece.

A mulher, com didática:

— Um jornal desses dias trouxe o cotidiano dos soldados do *USS Independence*, um porta-aviões americano que faz simulações de guerra na região de Bahrain. A maioria é de recrutas, em torno dos vinte anos de idade. Passam meses circulando pelo golfo pérsico antes de retornarem às suas casas, em férias, apenas com uma mochila e algumas histórias assustadoras pra contar. Ninguém reclama. Num barco dessas dimensões, há tudo de que um jovem pode precisar, excetuando-se as mulheres, embora elas já sejam aceitas nas forças armadas. De todo modo, para isso, a disciplina e a ética protestante impõem as restrições de praxe. Há bebida e comida; os cardápios são variados, incluindo o vegetarianismo e refeições *kosher*. Há prontos-socorros pro alívio das piores mutilações. Noções de ergonomia foram aplicadas ao desenho dos beliches, garantindo um repouso mais eficiente. Há música opcional em cada seção e os depósitos podem ser transformados em salões de baile com um mero rearranjo de mesas e cadeiras. Durante a primeira guerra com o Iraque esses jovens, homens e mulheres, espalharam-se com câmeras digitais pela terra arrasada. Nem deixaram o conflito terminar. De dia, de noite, usando aviões, helicópteros, diversos veículos de combate. Todos podem dirigi-los, com a autorização devida. Assim colheram as imagens que puderam. Por diversos ângulos e gabaritos (produziu-se um conhecimento em torno disso), anotando cuidadosamente suas coordenadas. Manipularam-nas nos computadores militares para parecerem cada vez mais impressionantemente verdadeiras. Essas seqüências de imagens já estão disponíveis. Cada colina, cada vale, a mais modesta elevação. Cada cidade, cada vila, cada mesquita, cada um dos prováveis laboratórios subterrâneos; cada poço d'água em cada aldeia perdida aparece com uma nitidez de dar inveja aos engenheiros da Sony. O Pentágono elabora um perfil mensal e tido como muito sofisticado sobre a alma muçulmana. Há estatísticas, estudos de caso e probabilidades de reação. Esse material também é enviado ao porta-aviões. Tudo via satélite e com diversos protocolos de segurança. Os garotos e as garotas lotados no *USS Independence* misturam essas informações em produtos multimídia. Podem ouvir depoimentos de *experts*, exilados e combatentes, sem contar com esses vídeos sujos, onde terroristas treinam coreografias de combate. Os garotos do *USS Independence* estão preparados para entrar em ação a qualquer momento. Pode ser apenas uma questão de tempo... mas o jornal insistia em que os marujos não se entediavam "em tempo de paz". Por enquanto eles trabalham nessas imagens. Estão apenas alimentando seus computadores e fazendo simulações. Isso ainda nem interessa aos amigos e inimigos. Estão cobertos de razões, direitos e tecnologia. Por enquanto, os jogos eletrônicos os distraem do pior.

O homem, outra vez:

— Imagine uma sala confortável. Imagine uma sala ampla e confortável, com sofás, mesas e cinzeiros de pé de modo que tudo fique à sua mão. Então imagine que as paredes começam a se fechar. Repentina e lentamente. Repentina e lentamente, mas você vê com clareza o que está acontecendo. As paredes fechando-se umas contra as outras. Primeiro você se ergue. Observa com atenção, imaginando que pode parar a qualquer momento. Mas não. Elas continuam seu movimento, reduzindo cada vez mais o quadrado de conforto desta sala. Você não quer acreditar, mas um mecanismo de tempo foi posto em funcionamento. Você fala. Você pede. Você junta as mãos no rosto e fala e pede e, por fim, grita. Anda de um lado para outro gritando. Chega perto das paredes, dos seus vãos, imaginando que é ali entre as paredes, no filete escuro em que as paredes rolam umas sobre as outras, que é ali que pode avisar o que está se passando. Mas não. Mas nada. Então acontece o que era previsível: as paredes que avançam para o centro derrubam tudo o que está no caminho. Nada fica em pé à sua passagem. Lentamente. Você pode ver tudo. O sofá esfrangalhado, o cinzeiro de metal transformado numa fita retorcida, a mesa estilhaçada. Desesperado você escolhe uma parede... coloca a mão sobre ela... faz força... muita, muita força... mas não obviamente ela não pára por isso.

Continuando:

— Minha mãe me preparou pros estranhos. Ela não me disse nada sobre os conhecidos...

— Num momento, eu volto pra tirar tudo o que você conseguiu na minha ausência: a casa, os objetos, o dinheiro, outros interesses.

— Deve ser possível calcular. Deve ser possível dar-lhe uma parte. Deve ser necessário.

— Pela moral.

— Pelas boas noites de sono que todos nós desejamos ter. Pra evitar um mal maior.

— Qual?

— A violência, por exemplo. Isso seria ridículo.

— As companhias de seguro fazem tabelas com o preço de uma perna, duas pernas, os braços, de cada sentido, dos dedos...

— Uma época eu quis escrever. Foi depois de tudo. Depois que tudo assentou. Quando a sua desgraça era evidente. Quando até os mais crentes deixaram de me injetar esperanças. Quando era cicatriz. Quando eu parei de implorar por um milagre e uma surpresa. Quando não podia mais me aliviar de nada. Foi aí, sem esperanças, que eu quis escrever. Posso ter escrito pra me preparar pras novidades. Porque tive um distanciamento. Porque me afastei deliberadamente. Posso ter escrito porque você estava morto. Então, escrever pra recuperar a cadência do meu próprio pensamento. Pra entender como as idéias se formam e desaparecem, aquelas em que insistimos. Escrever pra me fazer companhia.

— Onde está essa escrita?

— Pode estar em cadernos. Um depois do outro. A letra rajada de uma criança que mal sabe copiar. Que se vê obrigada. Que talvez o faça correndo, porque lhe interessam as brincadeiras na rua. Os desenhos ainda são mais importantes do que as palavras. Depois a indisciplina com os parágrafos. Aos poucos o entendimento e uma escrita conformada nas linhas, nas vírgulas, nos pontos. É possível também que tenham desaparecido. Que esses acontecimentos fossem tão especiais como qualquer outro. As outras "viúvas"...

— ...E viúvos...

— Sim, e viúvos, claro. Nessa época em que devo ter escrito esses textos... esses cadernos (o que é bem outra coisa...) é a mesma época em que encontro as outras pessoas que passam pelo mesmo passado. Nessa época eu já entendo a necessidade dos depoimentos. Também se trata disso. Nessa época já podemos fazer discursos sem chorar, ou chorando, se necessário. Nessa época temos plena consciência de nosso efeito. Um sofrimento insuportável. Mais uma coragem feminina.

Fotografias:

— É uma fotografia típica daqueles tempos. Vem numa pasta acamurçada. Paga-se por isso. É muito dinheiro pra todos nós, mas paga-se sem reclamação. Às vezes há um cordão brilhante, um penduricalho pra aumentar a solenidade do papel. No dia em que essa foto é feita, posso imaginar a alegria. As aulas perdidas. As filas. A algazarra. Agora me ocorre que tudo começa naquela algazarra. No prazer arrepiado do desafio. Na excitação do medo. A exposição ao castigo. O tesão dessas coisas. Falo dessa foto, onde você aparece ao lado da bandeira do Brasil e do brasão da república. Há um mapa de São Paulo atrás de tudo.

E o número da foto. E a classe a que pertence o aluno. Do aluno mesmo não há nome. É uma ausência óbvia agora, mas ninguém se dá conta disso na época. É o que havia sido feito das escolas e da idéia de educação. É uma natureza morta. Falo dessa foto pra falar dessa alegria juvenil, que a sua cara franzida ainda guarda. Você acabou de passar por isso. Pela interrupção de um dia especial. Uma fotografia. Um dia pra lembrar. Eu gosto de acreditar que é por isso que essa imagem não me saiu da cabeça.

Continuando:

— Eu teria cuidado de você. Melhor do que posso cuidar de mim. Eu teria beijado as tuas feridas. Teria te lavado com medicamentos. Queria que você estivesse pronto rápido. Que não sofresse mais que o necessário. Teria te despido, teria te banhado, teria dormido do seu lado, sem remorsos ou ressentimentos. Teria te coberto do meu calor. Teria te amparado a testa quando vomitasse. Teria observado seu sono. Sem qualquer ciúme das suas noites. Eu faria sacrifícios. Eu teria te dedicado o tempo. Deixaria tudo de lado. Eu cuidaria de você até me esquecer de mim. Eu teria cuidado de você.

O homem indica as peças da arma espalhadas por cima da caixa de papelão.

— Eu não me lembro de ter dado um tiro com essa pistola. Agora me ocorre que eu tenha trazido como uma prova... de que há uma ligação por esses anos todos.

— Ou se eu não o reconhecesse. Se houvesse alguma formalidade. Sempre existiram essas armas em torno de nós.

— Armas são coisas difíceis de jogar fora.

— São os demônios dormindo em cima do guarda-roupa. Como se pudéssemos lubrificá-lo, guardá-lo num pedaço de flanela, num coldre de couro... como se isso fosse o suficiente.

— Enquanto acreditássemos nisso, seria suficiente.

— Se você acreditasse nisso, não estaria aqui.

Fotografias:

— Durante dois anos eu guardei a foto que tiramos diante da casa da sua mãe. Você está com um vestido muito curto. A imagem é branco e preto, mas eu me lembro muito bem que esse vestido era vermelho. E curto. É possível que eu tenha ficado com ciúmes. É possível que eu tenha dito qualquer coisa. Que tenhamos nos desentendido. Que tenhamos passado mal o resto do dia, por conta dessa bobagem tão importante. Eu vejo o vigor das suas pernas. Os tendões esticados. O seu cabelo montado. Um certo tipo de maquiagem que vai voltar à moda em pouco tempo. Vejo a simplicidade da tua sandália. Vejo o que existia antes da delícia da nossa insolência.

— O que você via?

— O que não quisemos ter sido. O que não admitíamos mais, apesar de nossa aparência antiquada.

— Nós guardamos poucas fotografias.

— Elas não convinham. Nós quisemos apagar os rastros, lembra?

— Eu queimei pacientemente o que eu era: diários de menina, cadernos de desenho, laços de fita... e as fotografias. Naquele dia eu senti uma felicidade épica. Porque eu estava me cremando. Era simples assim. Agora, das fotografias eu me arrependo.

— Aquela era a única que eu guardei. Porque parecia me defender do que eu tinha me tornado e que era preciso fazer de conta. Porque era um atestado de normalidade, acho.

— Você poderia inventar uma história qualquer pra essa fotografia.

— É provável que eu tenha inventado. Mas a fotografia era fundamental. Sem ela não haveria uma história. Por mais engenhosa que fosse. Depois essa fotografia começou a puir. Demorou anos, mas começou a puir.

— A capa acamurçada protegeu a qualidade desse documento.

— No meu caso você foi turvando. Cheguei a completar alguns traços com lápis. Pra que eles não se perdessem. Piorou. No fim era só um cartão encardido que eu esmagava ora com raiva, ora com desejo, ora com uma promessa...

Continuando:

— Durante muito tempo eu cultivei a nossa cama. Você nunca a conheceu, mas esse... "capricho"... eu tive. De um modo ou de outro, eu sempre preparei as camas pro nosso sono.

— Nunca arrumei a minha cama, você s...

— Eu sei.

— Não me fazia falta...

— Eu também ainda sei disso. E eu não me importava de fazer. Nisso não havia qualquer obrigação entre marido e mulher. Preparei esse ambiente por gosto. Com prazer. Esmerada.

— Eu posso me lembrar da sua figura além de um lençol parado no ar...

— Eu gostava daquela habilidade que me permitia jogar o lençol pro alto na medida certa. Eu o arremessava e aguardava que caísse em seu lugar. Esperava que o ar se esvaísse pelas bordas, dobrava esse primeiro lençol bem rente ao colchão. Encaixava a fronha no travesseiro como uma gaveta que se fecha sorrateiramente. Pousava o travesseiro. Um novo lençol. Um cobertor, se fosse o frio. Alisava tudo com uma precisão enervante. Não aceitava qualquer ondulação. Chegava a me abaixar pra conferir essa perfeição. Você não tem nada a ver com isso. Não sossegava enquanto não estivesse absolutamente plana.

— Todos nós temos manias...

A mulher pode imitar uma criança:

— Não se trata disso... ou sim... Também lavava regularmente esses panos, essas fronhas e esses lençóis... Lavava os de ambos. Os meus amassados e suados. Os teus intactos; empoeirados, quando muito. Notei que a lavagem afeta tanto as coisas como o uso. Ainda reconhecia o meu cheiro, as minhas marcas nessas roupas, mas fazia com que se estragassem por igual.

Aqui a mulher deve parar de imitar o que quer que seja.

— Por mim e por você. É nessa cama feita e refeita, numa madrugada, que você me aparece.

— Como eu te apareço?

— De mal a pior. Há uma enorme convulsão no seu peito. Você curva sobre o estômago. Abre os braços. Acredito que pede desculpas, mas não estou mais certa disso. Tenta se erguer, mas está colado ao seu lado da cama. Sem tocá-la. Você não desarruma as cobertas.

— Eu choro?

— Nem tanto. Você não consegue falar. É o desespero.

— Eu sei.

— Você já me aparece sentado. Enquanto está ali, meio de costas, meio com vergonha, você tenta desesperadamente falar. Contrai-se. Expande-se. Você morde o oxigênio. Não tem raiva. Suas mãos não ajudam. Te tornam ainda mais miserável.

— Como acontece nessas aparições.

— Eu, no entanto, posso. Não é comigo que acontece.

— Você me chama?

— Pelo seu nome de batismo, pelos seus apelidos, pelos nossos apelidos, pelos nomes que nos deram, pelos nomes que inventamos... por todos esses nomes. Um a um. Como se eu testasse um enorme molho de chaves.

— Eu reajo a isso?

— Nada que eu possa perceber. Você está perto do fim. Não importa o nome. Você precisa me dizer. Você não consegue. Você está muito mal.

O homem, cada vez mais preocupado:

— O meu estômago, eu devo estar ferido...

— Não. Você está triste. Ou cansado... Você está exausto e ainda tem que fazer algo inadiável. Tem que partir. Não tem nada a ver com uma tarefa específica. Você não pode me dizer isso, mas é claro. Você ali, meio de costas, meio inibido. Quer ir embora mas o corpo pesa como uma rocha.

— Você deu um significado a esse pesadelo?

— É um sonho. Depois eu volto a adormecer. Por isso é provável que você tenha morrido. Esse sonho silencioso me confirma.

— É nisso que você acredita?

— Se era mesmo uma questão de acreditar, tanto fazia. Aliás, não era. Aliás, tanto fez. Se não fosse por isso, seria por outra coisa. Os sinais só confirmam o que já tínhamos estabelecido.

— Você estabeleceu que eu estava morto.

— Eu estabeleci que ia viver.

Memória oculta:

A mulher lembra-se das repetidas vezes em que esteve nas repartições, nas delegacias, nos quartéis. Entregando car-

tas. Certa de sua justiça. Em desespero. Crente que algum respeito haveria de colher. Lembra-se do olhar dos agentes. Dos civis e dos fardados. Lembra-se que era bonita. Que esses olhares diziam esses pensamentos. Ela estava ciente disso. Como esperavam que ela passasse pra lhe conferir as nádegas. Sua educação. Mesmo quando percebeu que lidava com os culpados e que nada havia a fazer senão dar tempo ao tédio dos assassinos. Que sua beleza afastava suspeitas, isso era certo.

Continuando:

— Deus nunca me seduziu. Ainda é uma idéia burra demais. Acredito que qualquer julgamento deve ser o julgamento dele. Que a criação sendo uma autoria tem tudo embutido. Para o bem e para o mal... ainda que o mal seja mais experiente das nossas coisas.

Nesse tempo o homem pensa que pode ter telefonado. Que, se isso ocorreu, deve ter medido as palavras. Que pode tê-las decorado. Que teria tratado do futuro. Que voltaria. Que era uma promessa. Que ao voltar, tudo seria consertado. Que lançariam uma ponte desde o passado.

— É possível que eu tenha telefonado.

— Não havia qualquer indício.

— Porque aqueles que lhe telefonaram não conseguiram dizer o que quer que seja, por isso é que pode ter sido eu. Eu não teria palavras.

— Se foi você, é o pior.

— Ainda? Você não perdoaria?

— Perdão se pede, perdão se ganha... mas não tem perdão.

— O esquecimento?

— O esquecimento sim. Mas jamais o perdão. Perdão é a mais escrota sugestão do diabo.

Isto é pros dois, mas quem deve dizer é ele:

— Nunca podemos esquecer as longas tardes passadas contra as paredes nuas dos quartos. Deixando o tempo se encarregar de tudo. Os loucos serenarem. Os espertos se acomodarem. Viver não requer qualquer movimento.

O homem fecha os olhos:

— Quando eu fecho os olhos, não esqueço como sempre te vi: os cabelos vermelhos despachados pelas costas, as saias até os joelhos, os seios avançando pra blusa. Os volumes do teu colo. As ausências do teu colo. Carne. A necessidade da carne. A emoção física da carne. O deslumbramento. As unhas nuas, os dedos estendidos. Sei do calor da palma da tua mão. Imagino a consistência da tua língua. Conheço o teu abraço. O teu afago. Os teus avisos. Vejo como pisa. É firme. É geométrico. Vejo os ossos dos teus calcanhares. Vejo os trabalhos das falanges. Vejo o vigor das tuas pernas. O registro preciso de cada parte do movimento. As coxas montadas. Os tubos das artérias. Vejo as cartilagens, os tendões, os músculos. A tua estrutura, a tua personalidade.

— Os cabelos eu nunca pintei. Fiz o diabo do meu corpo, mas não consegui pintar o cabelo. Mesmo quando era necessário, por razões de "segurança". Tinha medo das tinturas.

— Havia lenços de cabeça.

— Dos lenços eu me livrei... felizmente.

— O recato não combina.

— O escândalo sempre será melhor que o recato. Nisso também percebo a minha diferença.

— Depois eu vejo as tuas nádegas aos pares. O lastro das tuas polpas. A flor do buraco do teu cu. O calor. O visgo. Vejo teu ventre entregue em receio. Escandalizado.

— Eu nunca fui tão feliz.

— Eu também. Além de todo entendimento, de toda explicação.

— Nós nunca deixamos de desejar, apesar de tudo.

— A maciez do teu ventre. O perfume de vísceras. O suor do repouso.

— Comecei a me masturbar ainda no tempo em que todos me consideravam de luto. O luto que se pode ter nessas circunstâncias. Eu me aliviava de você.

— Sim, você é bonita. Bonita demais, talvez. Ainda sim, isso sempre ajuda, mesmo que você lamente. Você ainda não está preparada pra usar essa beleza em seu benefício?!

— É uma questão de tempo.

— Como tudo.

— É uma necessidade do meu corpo que nunca vai se repetir.

— Quando eu abro os olhos, ainda há uma conexão entre você aqui e uma idéia que eu faço de você.

— Cada um enxerga o que quer... ou o que precisa.

— Deve ser porque eu me cansei. Deve ser porque eu estivesse muito, muito cansado. Porque eu não era mais capaz de organizar a minha mente. Porque meus reflexos me traíam. Porque estava ameaçado por esse cansaço. Porque era uma questão de tempo pra que eu me perdesse numa desgraça comum. Senti meus ombros encurvados. Os braços trêmulos, como se desde sempre estivessem estendidos. A dor dos músculos, um a um. A planta dos pés. A palma das mãos. Os ossos mal ajustados. As juntas estalando. Não tinha gosto na boca. Nem olhos pra nada. Um estado de prostração. Atacado por um sono terrível. Preto. De que eu não me lembrava. Não tinha paciência. Não tinha pressa. Eu estava cansado. Me cansei de mim. Me cansei de você. Me cansei de tudo o que nos cercava. Um cansaço genuíno. Só queria me encostar. No dia em que me esqueci de estar cansado, entendi que era livre.

Mundo exterior e interior:

Um barulho ensurdecedor atravessa a sala. Um chamamento. Um ônibus. Uma briga. Um pensamento. Nasce, cresce e desaparece. Então a luz se recolhe do chão. Contorna as caixas de papelão, as pessoas e os móveis. Num instante é sugada pela janela. Não faz diferença ficar com os olhos abertos ou fechados. Ali, a noite desce de uma vez. As estrelas e os planetas se confundem com os helicópteros e as antenas. Não é mais possível ler as etiquetas

*e os documentos espalhados, nem definir os limites das
coisas. A penumbra é conservada por um tempo. Como um
alívio. Aos dois.*

Continuando:

— Eu ainda não me convenci que alguns assassinatos sejam desnecessários. Eu ainda não me convenci que o melhor é deixar as feridas como estão. Talvez o melhor fosse
abri-las já, quando os outros ódios serenaram. Talvez agora possamos falar de humanidade, pralém da ideologia.
Talvez seja hora dos covardes explicarem as suas razões,
aquém das razões de Estado. Que eles não tenham sido
punidos com qualquer rigor é intolerável. Que não possamos estragar suas noites de sono, ao menos. Que não sejam
conhecidos como aqueles que foram capazes, por aqueles
que foram incapazes. Envergonhá-los. Sim, primeiro. Depois o fuzilamento. Ou algo sem dor. Uma pílula. O que
será da justiça se não houver alguma forma de vingança?
*O homem começa contando nos dedos. Até que os dedos
faltam.*

— Quando uma mulher ria num quarto distante, eu lembrava de você. Quando me preparava diante do espelho, eu
lembrava de você. Quando não entendia uma conversa, eu
lembrava de você. Quando alguém perguntava o que já sabia, eu lembrava de você. Quando alguém mostrava o que
não queria, eu lembrava de você. Quando uma criança ador-
mecia, eu lembrava de você. Quando eu via uma pessoa

andar quilômetros ao longe, eu lembrava de você. Quando um liqüidificador era ligado, eu lembrava de você. Quando havia um rádio de pilha tocando, quando havia um despertador chamando, eu lembrava de você. Quando era um capricho. Quando era um pecado. Quando era inevitável. Quando me enchia o saco, eu lembrava de você. Quando acendia um cigarro pra queimar cinco minutos, eu lembrava de você. Quando eu levava um guarda-chuva, por via das dúvidas, eu lembrava de você. Quando escurecia, lembrava de você. Quando ouvia passos. Quando um vulto me tocava, eu lembrava de você. Quando eu sentia um calafrio, eu lembrava de você. Eu lembrava de você com fome, com sede, com frio. O que é que nós sabemos?

— Quando eu sentia um arrepio, eu lembrava de você. Quando eu me cansava, eu lembrava de você. Quando eu me deitava, me lembrava de você. Quando eu me despia, lembrava de você. Quando eu me aquecia, eu lembrava de você. Quando eu suava, me lembrava de você. Quando eu tirava fotografias, eu lembrava de você. Quando congelava comida, eu lembrava de você. Quando passava roupas, quando matava o tempo, eu lembrava de você. Quando um equipamento não funcionava, eu lembrava de você. Quando eu me sentia feia, eu lembrava de você. Quando eu queria mais, eu lembrava de você. Quando era feriado. Quando era a tarde morta dos domingos. Quando eu tinha uma dúvida. Quando eu bebia água. Quando bebia vinho, quando cortava um bife, quando fritava o pão. Quando não havia outra maneira. Quando eu lembrava de você, alguma coisa tinha acontecido...

Finalmente uma cena de sexo:

Tem o escuro. Tem o silêncio. Tem um tempo. Tem um ruído muito perto. Tem uma decisão. Tem uma mão que se ergue. Tem um relógio que chacoalha. Tem um braço que recua. Tem um isqueiro no meio do caminho. Tem uma mão que pára no ar. Tem um novo tempo, um novo silêncio. Tem o braço que cede. Tem remorso. Tem desejo. Tem o meio do caminho. Tem a consumação do impulso: tem os cabelos que se misturam, tem os dedos que se entrelaçam e tem as palmas que se esfregam. Tem um abraço apertado. Tem o rosto colado. Tem uma frase. Tem um pedido. Tem uma febre. Tem um formigamento. Tem incompreensão. Tem um calor. Tem uma vergonha. Tem um sorriso. Tem uma desculpa. Tem a intenção. Tem o toque nas roupas. Tem a pressão do interesse. Tem os pés que se empurram e os joelhos que se apertam. Tem os sapatos abandonados. Tem qualquer lugar. Tem o chão. Tem a queda. Tem novamente a mão. Tem a procura. Tem o encontro. Tem um botão que é apertado. Tem um pedaço que é revelado. Tem um detalhe que é visitado. Tem uma surpresa. Tem um bico, uma ponta. Tem um movimento a mais. Tem uma dúvida. Tem um ressentimento. Tem um contorno. Tem um consentimento. Tem um avanço de força. Tem os elásticos e as marcas dos elásticos. Tem a fronteira da pele. Tem a circulação do sangue. Tem a consistência da carne. Tem o amaciamento. Tem a confusão típica. Tem uma ruga. Tem uma pinta, uma verruga. Tem as unhas. Tem uma vontade de rasgar. Tem uma necessidade de morder. Tem mais roupas a serem descar-

tadas. Tem mais partes sendo reveladas. Tem as costelas marcadas. Tem a barriga furada. Tem a bacia inchada. Tem as coxas e o profundo das coxas. Tem os pêlos enrolados. Tem o caminho indicado. Tem o meio das pernas. Tem a boceta aberta. Tem a exclamação pendurada. Tem o que estes lábios falam. Tem a língua que se entende com ela. Tem as costas aplainadas. Tem as nádegas escancaradas. Tem o rego. Tem o regaço. Tem as pregas. Tem o oco. Tem as vísceras. Tem o cuspe e a saliva. Tem o cheiro. Tem o beijo. Tem os dentes. Tem um pedaço arrancado. Tem uma luta. Tem uma rendição. Tem penetração. Tem um instinto assassino. Tem uma contemplação. Tem um sofrimento. Tem um ferimento. Tem uma explosão. Tem uma coisa que se ganha e uma coisa que se perde...

Tempo:

A mulher e o homem podem se vestir.

Terceira versão do homem:

— Não me faltava coragem pra insistir. Aliás, não era mais questão de coragem. Talvez de resignação. Vejo os mortos caindo em torno. Você me apóia. Você me faz avançar. Nosso impulso é o de seguir adiante. Irresistível. Nesse dia você me aconselha. Um suporta ao outro. Quem está em pé deve seguir com o cotidiano da organização, embora a ausência, a falta e o susto há muito tivessem tomado nosso dia-a-dia. Ainda assim, o alívio de um encontro furtivo. Um aceno lançado na porta de um bar. Partilhar o calor da intimidade num banco de ônibus, num cinema. É nisso que nos fiamos perto do fim. É também a comida ruim, a doença, a anemia, as noites passadas a esmo, mas nem nos damos conta disso. Você não dá conta disso. Tua esperança é insuportável. Limitado pela minha ousadia, não tenho coragem de falar. Não é um plano. Será uma oportunidade, ainda que eu não possa me dar conta disso naquele instante. Eu já estou me despedindo quando você diz que vai esperar a minha volta. Eu minto quando garanto isso. Estou me desfazendo de tudo. Não olho pra trás.

— Disso eu me lembro. Que você não olha pra trás e que isso me incomoda. Volta essa lembrança agora.

— Eu também não posso saber. Não haverá mais revolução, não haverá morte, não haverá mais traição. Eu estou me retirando. Não vou na direção do meu encontro. Não estou mais obcecado com a idéia de que vou ser apanhado. Não tenho mais medo. Não tenho mais nada a ver. Ninguém vai saber disso. É, quem sabe, minha primeira escolha. A que eu devia ter feito. Um prazer enorme. Não me preocupo em sorrir aos estranhos que passam. Essa novidade do meu humor me embriaga. Decido que eu estou riscado de tudo. Será a minha terceira identidade. Vou me virar. Dobro-me de gargalhadas. Dou as costas e me desapareço.

— Eu não tenho nada a ver com isso.

— Nem agora, nem na época, mas nós não estávamos preparados pra sobreviver a isso tudo.

— Eu não seria tua mulher, nem tua viúva.

— Eu lhe disse que nunca pude fazer uma família.

— Eu nunca percebi...

— Eu não estava mentindo. Eu só estava enganado. Não fui mais feliz na tua ausência. Tive essa felicidade naquele dia. Porque não restava nada por que voltar.

— E agora?

— Agora pode ser uma curiosidade. Pode ser um desejo. Porque há um ciclo que precisava ser recorrido. Porque partir e voltar, não necessariamente nessa ordem, são as duas caras dessa história.

Epílogo:

O homem se ergue e apanha o maço de cigarros. Revira-o. Está vazio. Amassa-o, coloca-o diante da mulher. Em seguida apanha a arma aos pedaços. Junta-os. Encaixa-os. Guarda no bolso. Pega o telefone celular, a mala e sai.

A mulher volta a ser inquieta.

FIM

Conheça mais sobre nossos livros e autores no site
www.objetiva.com.br

Disque-Objetiva: 0800 224466 (ligação gratuita)

markgraph

Rua Aguiar Moreira, 386 - Bonsucesso
Tel.: (21) 3868-5802   Fax: (21) 270-9656
e-mail: markgraph@domain.com.br
Rio de Janeiro - RJ